KB123008

독립운동가 기림시집 **1**

풍찬노숙

독립운동가 기림시집 **1**

풍찬노숙

펴낸날 | 2022년 3월 18일

지은이 | 박선욱

편집 | 정미영
감수 | 장원석
마케팅 | 홍석근

펴낸곳 | 도서출판 평사리 Common Life Books
출판신고 | 제313-2004-172 (2004년 7월 1일)
주 소 | 경기도 고양시 덕양구 중앙로558번길 16-16, 7층
전 화 | 02-706-1970   팩 스 | 02-706-1971
전자우편 | commonlifebooks@gmail.com

ISBN 979-11-6023-301-8 (03810)

후 원   문화체육관광부   한국장애인문화예술원

독립
운동가
기림
시집

1

박선욱 시집

평사리
Common Life Books

광복 이후 항일투쟁사를
총체적으로 조망한 첫 시집

　광주의 함성이 점점 거세게 울려 퍼지던 1982년에 등단한
박선욱 시인의 시력詩歷도 어언 40년이다. 그간 적잖은 시인
들이 노장老莊사상의 인생론이나 신변 잡담기, 혹은 미학적
인 기교에 현혹되기도 했다.

　그러나 박 시인은 광주항쟁의 현장에서 한 발짝도 벗어나
지 않은 채 오히려 그 정신의 원류를 찾아 외롭게 민족사의
정통성 탐사작업에 매진해 왔다. 그는 근대 실학사상(『조선의
별빛: 젊은 날의 홍대용』)에서 민족혁명의 발아를 찾아 조선의
무예 훈련을 위해 교재를 만든 협객 백동수(『백동수』)와 민중
문화를 진작시킨 독서의 명인(『김득신』)을 부각시켰다.

　박선욱 시인은 그 연장선에서 항일 독립투쟁가를 주목하
고 있다. 김구, 안중근, 장진홍, 윤봉길, 유관순 같은 이미 널
리 알려진 인물부터 이관술, 유상돈 등 묻혀 있던 투사들과
동풍신, 박자혜, 남자현, 정정화, 박차정, 김락, 이화림 등 여
성 투사들을 다룬 이 서사시는 광복 이후 처음으로 항일투쟁
사를 총체적으로 조망한 첫 시집이 될 것이다. 한 인물에 대

해서 짤막하게 한 편으로 쓴 게 아니라 각 투사마다 연작 서사시 혹은 장시 형식으로 전 생애와 투쟁의 절정 장면을 확대시켜 숭고한 투쟁정신의 현장으로 안내해준다.

이처럼 박 시인은 오늘의 우리 민족사가 당면한 진로 모색에서 실학사상-항일독립투쟁-광주시민항쟁을 비롯한 민주화와 통일운동이라는 일관된 역사의 맥을 짚어주고 있다. 시인의 진지한 민족사 탐사 작업에 박수를 보낸다.

임헌영

문학평론가, 민족문제연구소 소장, 서울디지털대학교 교수

민족의 역사는 '해와 달'을 품고 강물처럼 흐른다!
박선욱 시인이 펴낸 '독립운동가 기림시집' 우뚝, 찬연!

아 지금 내가 울고 있는가. 갈라지고 찢어진 나라, 광복 77
년의 코리아(한반도)가 울고 있는가. 박선욱 시인이 밤을 새
워가며 써서 노래한 독립운동가 기림시집을 찬찬히, 몸을 떨
면서 완독한 나는 첫 시 「윤봉길의 회중시계」를 시작으로 마
지막 시 「조선의용대 부녀복무단 단장 박차정」(약산 김원봉의
아내)을 끝으로 읽기를 마치자마자 저절로 흘러내리는 눈물
을 닦을 수가 없었다.

부산 동래 복천동에서 태어나 중국 북경으로 가서 약산 김
원봉(광복군 부사령관, 조선의용대 조직, 상해임시정부 국무위원)을
만나 함께 항일전쟁을 전개하던 터에 박차정은 강소성 곤륜
산 전투에서 부상당하여 중경에서 34세의 나이로 숨을 거둔
다. 김원봉이 아내 박차정의 유해를 들고 잠시 귀국해서 한
추모사 "아내여! 나의 반석 같은 동지여!"는 비장미와 애국
혼을 보여준다.

단재 신채효의 유해를 들고 조국에 돌아온 아내 박자혜,
한국전쟁 때 충남 대덕군 산내면 골령골에서 총살당한 항일

운동가 이관술, 조선왕실의 마지막 군인으로 독립투쟁에 뛰어든 장진홍 의사, 상해임시정부 주석 김구, 여순감옥(관동형무소)에서 순국한 안중근 의사, 유관순, 유상돈, 정정화, 이화림, 동풍신 등의 파란만장한 독립운동사는 오늘의 우리들에게 옷깃을 여미게 한다.

박선욱 시인이 펴낸 빛나는 이 시집이 널리 읽혀서 오늘날 허물어진 정신들을 다시 세워주었으면 한다.

김준태

시인, 조선대학교 초빙교수, 전前 5·18기념재단 이사장

— 시인의 말

서세동점의 시대, 구한말의 격동기는 암흑이자 수렁이었
다. 청일전쟁과 러일전쟁을 모두 승리로 이끌고 환호작약하
던 일제는 미국과 '가쓰라-태프트 조약'의 뒷거래를 성사시
킨 뒤 을사늑약과 한일병탄의 순으로 조선을 집어삼켰다. 이
후 한반도에서 펼쳐진 지옥도는 상상을 초월한다.

그러나, 망국민이 된 우리의 선조는 두 손 놓은 상태로 망
연자실해 하지는 않았다. 일부는 국권을 찾겠노라 다짐하며
의병이 되어 싸웠고, 일부는 만주로 북간도로 중국으로 넘어
가 독립군이 되어 일제와 전쟁을 벌였다.

'독립운동가 기림시집'이라 명명한 이 시집은 광복 77년을
맞이한 해의 첫머리에 펴내는, 나라를 위해 싸운 의병들의 노
래이다. 기미년 삼일만세운동을 벌인 이 땅의 의기 넘치는 선
열들의 기록이며, 일본군 정규 부대와 전투를 벌인 우리의 용
맹한 광복군에 바치는 헌사이다. 또한, 민족의 원수를 처단한
기개 넘치는 영웅들, 독립투사들에 대한 찬사이기도 하다.

오늘날 우리나라가 선진국으로 부상하고 문화 강국으로

서 전 세계의 주목을 받게 된 것은 무엇 때문인가. 100여 년
전 국권 회복을 위해 목숨 바친 의사, 열사 들의 희생에서 비
롯된 것 아닌가. 이 같은 의미에서 삼일만세운동 103주년 3
월에 이 책이 세상에 나오게 된 것을 가슴 벅차게 생각하며,
삼가 선열 제위께 이 책을 바친다.

아울러, 바쁜 시간을 쪼개어 귀한 추천사를 써주신 임헌영
선생님, 김준태 선생님께 엎드려 큰절 올린다. 감수를 맡아
원고의 오류를 바로잡아주신 장원석 몽양여운형기념관 학
예실장님, 긴 호흡으로 해설 원고를 써준 김윤환 시인, 정성
껏 표4 발문을 써준 맹문재 시인 두 아우님, 어려운 시절 기
꺼이 이 시집 출간을 허락해준 평사리출판사 홍석근 대표님
께 두루두루 깊은 감사를 드린다.

겨우내 움츠리고 있던 풍로화가 꽃 한 송이를 피워 올렸다.
봄이다.

2022년 3월 고봉산 자락에서
박선욱

— 차례

여는

詩

윤봉길의 회중시계

1932년 4월 29일 아침
상해임시정부 사무실
허리춤에 차고 있던
시계를 건네는 윤봉길
"선생님
이 회중시계를 드릴게요"
"아니, 그게 무슨 말이오?"
의아한 눈으로 쳐다보는
김구
"제 시계는
앞으로 한 시간밖에
쓸 데가 없습니다 그러니
선생님 시계와 제 시계를
지금 바꾸는 게 좋겠습니다"*
윤봉길의 말을 듣는 순간
목이 메인 김구
임정의 긴박함
독립의 소망

---

* "이 시계는 선서식 후 6원을 주고 산 것인데, 선생님의 시계는 2원짜리이니 내 것과
바꿉시다. 나는 시계를 한 시간밖에 쓸 데가 없습니다."(《백범일지》)

함께 간직한

낡은 시계를 풀어주고

윤봉길이 건네준

새 시계를 주머니에 넣었다

지금까지 차고 있던

헌 시계보다 값나가는 새 시계

조그만 유리알 속에서

규칙적으로 째깍거리는 소리

역사의 질곡을 뚫고

앞으로 나아가려는 분침과 초침

한 사람의 목숨이 걸린

막중한 무게

김구의 가슴속에서

평생 떠날 줄 모르는

진자운동의 근원

홍구공원 거사 전

두 사나이가 주고받은

오전 11시의 시계

제1부

연작시

3
제
題

빗자루를 타고 날아다닌 항일운동가
이관술

1 ― 골령골의 학살

1950년 7월 3일
한국전쟁이 발발한 지 여드레 만에
충남 대덕군 산내면 낭월리 골령골에서
총살당한 사람이 있었다
미군정에 의해 위조지폐범으로 조작돼
대전형무소에서 옥살이를 하다가
억울한 누명 벗기지도 못한 채
하늘의 별이 된
학암鶴巖 이관술李觀述
그는 학생들을 가르치는 교사였고
일본 경찰이 혀를 내두를 만큼 신출귀몰한
이 땅의 독립운동가였다

무기징역형을 받았으면서도
모범수로 수형 생활을 하며
애국지사로서의 의연함 잃지 않던 그는
어느 날 갑자기
산으로 끌려가 죽음의 골짜기에 세워졌다

총살 직전 결연히
"조선민족 만세!"를 외치려다
두 음절을 내뱉는 순간
헌병대가 쏜 흉탄에 쓰러졌다*

그는 왜 죽었는가
그는 왜 누명을 쓰고 옥에 갇혔는가
그의 죽음에 드리워진 흑막은
여전히 벗겨지지 않아
산천초목이
하늘이
땅이
숨을 죽이는데
수십 년이 흐른 지금
그의 이름을 나직이 불러본다
항일운동가 이관술
독립운동가 이관술
대한의 애국자 이관술

* 진실화해를위한과거사정리위원회 조사 당시 대전형무소 특별경비대 이준영의 증
언에 의하면 산내면 "골령골에서 헌병대 중위 심용현이 이관술에게 '죽는 마당에
대한민국 만세를 부를 수 없냐?'고 하니 이관술은 '조선민족 만세를 부르겠소'라고
답했고, 이관술이 '조선'이라고 외침과 동시에 헌병과 경찰들의 총탄이 발사되었다"
고 한다.

2 — 물장수로 불린 선생님

1902년
경남 울주군 범서읍 입암리*에서 태어난
이관술
부유한 양반가에서 자라나
어릴 적부터 한학을 배우며
신동 소리를 듣던 그는
스물두 살 늦은 나이에
서울 중동고등보통학교에 입학해
일약 수재로 이름을 떨친 뒤
일본 동경고등사범학교에 유학했다

1920년대의 일본
지식인 사회에는
사회주의 사상이 공기처럼 퍼져 있어
동경 유학생 이관술도
자연스레 사회주의 사상을 알게 되었다
가끔 친구들이
"자네는 사회주의자인가?"
진지하게 물으면
"나는 그냥 이상적인 민족주의자라네"
한마디 할 뿐

* 현재의 울산광역시 울주군 범서읍 입암리.

1929년 유학을 마치고
고국에 돌아온 그는
서울 관훈동의
동덕여자고등보통학교에서 교사 생활을 시작했다
까만 피부 수더분한 얼굴
선량해 뵈는 눈매
한눈에 보아도 영락없는 촌사람
여학생 제자들은 저희들끼리
물장수라 부르며 깔깔거리곤 했다
그럴 때면 슬며시
"나 불렀어?"
빙긋 웃어넘기곤 하던 그

늘 겸손하되
역사와 지리 과목을 가르칠 때는
열과 성을 다하면서도
다른 선생들과 달리
매를 들어 체벌하지 않는 온유한 성품의 소유자
보면 볼수록 알면 알수록
옷깃 여미게 만드는 올곧은 교육자

3 — 만세운동의 도화선이 된 광주학생의거

이관술이 교사로 부임한
1929년 10월 30일

남쪽 지방에서 큰 사건이 터졌다
광주에서 출발한 통학열차가
나주역에 도착했을 때
일본인 남학생들이
광주여자고등보통학교 3학년생인
박기옥 이금자 이광춘의 댕기머리를 잡아당기며
모욕하고 조롱하는 일이 벌어졌다
이 모습을 보고 격분한
광주고등보통학교 2학년생 박준채
"네놈이 감히 우리 사촌누나를 희롱해?"
호통을 치며 일본인 남학생들과 주먹다짐을 했고
때맞춰 출동한 역전파출소의 일본 경찰은
오히려 일본인 학생들을 두둔하면서
유독 박준채만 곤봉으로 마구 때렸다

"이것은 민족 차별이다!
조선의 독립이 아니고서는
일제의 식민지 상태를
짐승 같은 세월을 물리칠 수 없다!"

이 일로
학생들은 민족적 의분에 치를 떨었고
개인적인 차원을 넘어서서
겨레의 거대한 분노에 불을 댕기는 도화선이 되었다
그해 11월 3일 광주에서는
광주고등보통학교가 주축이 되어

광주농업학교, 광주사범학교까지 가세하여
300여 명의 학생들이 교문을 박차고 뛰어나가
"조선독립만세!"
소리 높여 외치며 시내를 행진했다

이날 오전 열한 시경
우편국 앞에서 열여섯 명의 일본인 중학생들과
광주고등보통학교의 학생들이 마주쳐
드잡이를 벌이던 중 최쌍현이
광주중학교 일본인 학생의 단도에 찔려
피를 흘리며 쓰러졌다

이에
노기등등한 박상기와 최상을 등 30여 명은
광주역에서 일본인 순사와 역원을 박살내고
뒤이어 일본인 중학생 열두 명과 맞닥뜨려
그 또한 흠씬 두들겨 패주었다
연도의 시민들 또한 이들을 응원하는 가운데
동맹휴교 투쟁이 집단적인 가두 투쟁으로 바뀌더니
마침내 광주 학생들이 대동단결해
일제에 대한 대대적인 항일투쟁으로 격화되었다

4 — 감옥 천지 한반도

1929년 11월 12일 오전 10시

광주학생운동은 제2차 시위운동으로 전개되어
거리 곳곳마다 항일 격문이 나부끼는 가운데
시위항쟁이 해일처럼 몰아닥쳤다
광주여자고등보통학교 학생들도
첫 시간 수업이 끝나기가 무섭게
교문을 박차고 뛰쳐나가려 했지만
일경의 호루라기, 교직원들의 호통 소리
형체 없는 견고한 울타리에 갇혀
운동장에 모여 서서 바깥을 향해
시위하는 학생들을 향해 목청 돋우어
온 마음으로 응원하고 또 응원하였다

급기야 눈이 뒤집힌 일본 경찰
이날 하루 동안에만
광주고등보통학교 학생 190여 명
광주농업학교 학생 60여 명
마구잡이 굴비두름 엮듯이 붙잡아 가니
오호 때는 이때라
물 만난 고기처럼 일제 사법부는 학생들을
성진회
독서회
광주학생 관계 등으로 분류해 공판에 회부했구나
죄 없는 학생들로 미어터지는 경찰서
죄 없는 학생들로 미어터지는 유치장
죄 없는 학생들로 미어터지는 법정
죄 없는 학생들로 미어터지는 옥방

아니다 아니다 한반도가 온통 감옥 천지더라

5 ― 민족항쟁의 불꽃

일제의 탄압에 발맞추어
광주고등보통학교는 학생 300여 명을 무기정학 처분
임시 휴업에 들어갔고
광주농업학교는 시위항쟁에 참가한 학생들을
모두 무기정학 처분하고 임시 휴학 절차를 밟았다
광주여자고등보통학교 또한
장경례 박봉순 등 학생 17명을 무기정학에 처했다
이 조처에 항거해 동맹휴교에 들어간 여학생 64명을
별도로 무기정학 조치를 취했고
학교는 임시 휴교에 들어갔다
일경의 서슬에 학생들을 내팽개친
학교의 높은 사람들은 몸보신하기 바쁜 터에
그중의 몇몇
올곧은 선생들은 제자들을 지켜내지 못한 안타까움으로
마룻장 치며 뜨거운 눈물 뚝뚝 떨어뜨릴 뿐

처음에는 학생들이 시위항쟁의 주체가 되었으나
차츰 온 나라 사람들이 길거리로 쏟아져 나와
기미년 삼일만세운동 이후 가장 거대한
민족항쟁의 불꽃으로 타오른 광주학생운동
목포로 나주로 함평으로 들불이 번져 나가듯

걷잡을 수 없는 항쟁의 불길로 번져 가더니
마침내 서울에서도 학생들이 궐기하기 시작했다

"아니, 여학생들의 머리채를 잡아끌며
희롱하는 것도 모자라 항의하는 남학생을 짓밟아?
우리가 아무리 이민족의 지배하에 있다고 하지만
이토록 민족적 모멸감과 수모를 안겨준
일제의 악랄함에 대해 분개하지 않을 수 없소"

신간회 중앙 본부에서 활약하던
변호사 김병로, 허헌, 서기장 황상규 등등
간부들 모두 출동해 광주 현장을 샅샅이 훑어보고
보고서를 작성했고
민족지사들 또한 모종의 준비를 하다가
사전 탐지한 일경에 의해
시인 한용운, 조병옥 박사, 권동진 등 신간회 마흔네 명
근우회, 전국청년단체총동맹, 노총 관계자 마흔일곱 명
도합 아흔 한 명이 일경에 검거됨으로써
민중운동 자체가 저지되었다

6 ― 비밀 항일조직

막상 서울에서 학생들의 시위가 시작되자
그동안 민족주의자로 자처하며
민족계몽의 뜻을 내걸고

학생들을 지도하던 교육자들
일경의 서슬 퍼런 겁박에 질려
서둘러 휴교에 들어가는 식으로
아예 방학을 앞당기는 식으로
하나둘씩 꼬리를 내리니
대쪽 같은 의지의 사나이 이관술
이 모양을 보고 낙담하고 또 낙담하다가
일제와 분연히 맞서 싸우는 또 다른 애국자들
사회주의 그룹으로 발걸음을 옮기게 되었다

사상의 전환은
일제와의 투쟁을 효과적으로 하기 위한 방편
하지만 그것은 점차 그의 신념으로 자리 잡았다
신념은 실천을 통해 관철되는 것
느슨한 민족주의자에서 견결한 사회주의자로 자신을 곧
추세운 뒤
학교 안에서는 학생독서회를 만들고
학교 밖에서는 경성반제국주의동맹을 결성했다
독서회를 통해
이효정 박진홍 임순득 김재선 이종희 등 제자들과 만나
일제의 만행을 논리로써 격파하는 지식인을 기르니
이들은 머지않아 스승과 더불어
나라의 독립을 위해 떨쳐나선 기둥이 되었다
반제동맹을 통해
일제의 만주 침공을 규탄하고 반대하는 항일운동가들을
비밀리에 조직해

장차 논리와 실천활동으로써 독립을 쟁취하는
전사들을 훈련하고 육성하려는 계획이 착착 진행되어
이관술 자신도 스스로 독립투사로서의 담금질을 멈추지
않았다

7 — 경성트로이카

1932년
4년간의 교사 생활을 마감할 때까지
비밀 독서회를 잇달아 만들던 이관술
이듬해
냄새를 맡은 일경에 체포되고 말았다
주모자로 몰린 그는 모진 고문을 받고
만신창이가 된 육신으로
차디찬 옥방에서 수척할 대로 수척해진 뒤
병보석으로 가석방되었건만
함께 끌려가 조사를 받던
재학생과 졸업생들로 이루어진 제자들
이들과 관련 있다는 죄로 줄줄이 붙들려 갔다
법원에서 재판을 받게 된 마흔세 명
얼굴 하나하나가 눈에 밟혀
온 몸이 뻘밭으로 들어가는 듯
옥방을 나서는 발걸음은 천근만근

1934년 3월*
무거운 몸과 마음으로
형무소를 나선 그에게
열린
또 하나의 문
1934년 9월
경성트로이카와 이재유 그리고 이관술
마치 누군가가 공들여 점지해준 것처럼
예기치 않은 문으로 다가온
이들의 운명 같은 만남

러시아어로 3을 의미하는 글자 트로이카
세 마리의 말이 이끄는 마차처럼
세 사람씩 조를 편성해
상하 수직적 관계가 아닌
좌우 수평적 관계를 형성
자유롭게 토론하고 도모할 일을 결정하는
능동적인 최소 단위를 뜻하는 트로이카

노동자와 농민을 조직하는 비밀 결사
경성트로이카의 핵심 멤버인
이재유와 만남으로써
이관술의 독립운동은
새로운 전환점에 들어섰다

---

* 1934년 3월 31일 병보석으로 가출옥, 그해 12월에 징역 2년, 집행유예 4년 형을 선고받았다.

이즈음
이관술의 여동생 이순금 또한
이재유 그룹의 일원으로 활동하다
투옥되는 아픔을 겪었다

8 — 지하 활동

1935년 1월
걸출한 리더 박영출을 비롯
마흔두 명이 일경에 체포되어
경성트로이카 조직 전체가 무너져 내릴 때
극적으로 몸을 피한 이관술과 이재유
온 산이 눈으로 뒤덮인 깊은 산속으로 들어가
경기도 양주군 공덕리에 정착했다

"경남 김해에 살던 농민인데
갑자기 물난리가 나서
이곳까지 여차저차해서 왔습니다
기왕에 왔으니
예서 밭이나 갈며 지내고자 합니다"

마을 주민들에게 적당히 둘러댄
이관술과 이재유
둘은 공덕리에서 땅을 빌린 다음
새벽같이 일어나 돌과 자갈을 걸러낸 뒤

흙을 고르고 거름을 뿌려 옥토로 만들고는
자식처럼 애지중지 가꾼 채소를 시장에 내다 팔아
끼니를 해결함은 물론 돼지나 닭을 키워
알토란 같은 수입까지 올려
돈이 궁한 동네 사람들에게 싼 이자로 빌려주기까지 했으니
갈데없는 농사꾼 모습으로 산 18개월
위장도 그런 위장이 없고
도피도 그런 도피가 없어
진짜 농군으로 스며들었다 해도 지나친 말은 아닐 터

그뿐이랴
지역 주민들과 주재소 경찰들까지 감쪽같이 믿을 만큼
공덕리에서 농사꾼으로 부지런하게 살던 이관술과 이재유
하루 일이 끝난 뒤에는 밤 이슥토록
기관지 성격의《적기赤旗》를 발간해
곳곳에 흩어진 동지들에게 비밀리에 전달했다
기관지에 담긴 슬로건은 실로 담대한 내용이었다

하나, 노동자 파업투쟁의 자유를 선언하노니,
파업에 대한 경찰과 군대의 탄압을 절대 반대한다
둘, 노동조합, 그 밖의 모든 노동자 조직의 자유를 선언한다
셋, 노동자를 탄압하는 모든 악법을 반대한다
특히 치안유지법·출판법·폭력행위취체령, 제령 7호를 반
대한다
넷, 모든 정치범을 즉시 석방할 것을 요구하며 사형제도를
반대한다

다섯, 노동자의 언론·집회·출판·결사의 자유, 정치적 집
회·데모의 자유를 선언한다

9 — 때로는 나무꾼으로 때로는 숯장수로

1936년 12월 25일
세 번째 기관지를 만들어 등사를 끝낸 다음날
외출했던 이재유는 잠복해 있던 일경에 체포되고 말았다
이 사실을 알게 된 이관술
공덕리 집이며 가축이며 가꾸던 논밭이며 그대로 두고
몸만 빠져나가
경성트로이카 마지막 조직원으로서의 역할을 자임했다
사회주의 계열 경성콤그룹의 핵심 리더가 된 그는
1939년 1월
여동생 이순금을 비밀리에 다시 만났고
충주의 김삼룡, 부산의 정재철과 이기성, 마산의 권우성
등을 만나
꺼져 가는 조직의 불씨를 살리며 항일운동에 들어가
그해 9월 새 기관지《꼬뮤니스트》를 발간했다

이 무렵 이관술은
홍길동처럼 동에 번쩍 서에 번쩍
인천에서 함경도에 이르기까지 활약하며
탄광이며 비료공장에서 노동운동을 몸소 지도하다
체포되어
친일경찰 노덕술에게 인간 이하의 대접을 받으며

혹독한 고문으로 또다시 쓰러져 가석방된 뒤
고향 울산에서 홀연히 사라지니
그때부터 사람들 사이에서
이관술은 축지법을 쓰는 도사라거나
빗자루를 타고 날아다니는 법사라거나
허다한 말들이 그의 뒤를 따라다녔다

그는 오직 독립운동에 매진하기 위해
일경에 덜커덕 붙잡히지 않기 위해
때로는 나무꾼으로 때로는 숯장수로 변장해
충청도와 전라도를 내 집처럼 드나들며
조직운동에 항일운동에 전념했다

1945년 8월 15일
가슴 떨리는 해방의 순간
하지만 그는
결코 마음껏 춤추고 노래할 수 없었다
그의 항일 동지 이재유
1944년 10월 26일 고문후유증에 시달리다
마흔 살 불혹의 나이로
감옥 안에서 옥사한 사실이 떠올랐기에
벅찬 감격 누리기보다는
만감이 교차해
눈앞이 아득해질 뿐이었다

10 — 조작된 사건의 희생양

광복의 기쁨도 잠시
해방군이 아니라 점령군으로 온 미군정은
김구를 비롯한 상해임시정부를 인정하지 않았다
여운형이 이끄는 조선건국준비위원회도 인정하지 않았다

북에서는 소련 남에서는 미국이
저희들 멋대로 38선을 긋고는
남북 분할 점령안을 세워 통치하기 시작했다

남들 앞에 나서기를 꺼려하던 이관술이었지만
정치적 위치를 묻는 한 여론조사에서
여운형 이승만 김구 박헌영에 이어 5위*를 차지할 만큼
영향력 있는 지도자로서 위상이 높았다
그것은 바로 그가
건준이 정부 형태로 구성한
전국인민대표자대회의 중앙인민위원 및 선전부장에 뽑혀
대중들의 머릿속에 깊이 각인돼 있었기에
조선공산당에서 총무부장 겸 재정부장**으로 선출되어
박헌영 다음으로 핵심 지도부에 속했기에
무엇보다 그 무렵의 그를
대중들이 호의적으로 보았기에

---

*   "가장 역량이 뛰어나고 양심적인 정치가"에 대한 여론조사에서 12퍼센트로 5위를
　　기록했다(《선구先驅》1권 3호, 1945년 12월호).

** 조선공산당 중앙위원 및 총무부장 겸 재정부장.

자신도 놀랄 만한 여론조사 결과가 나온 것

이 무렵 미군정은
민중의 두터운 지지를 받는 조선공산당을
어찌 제거할까
구실만 찾고 있다가
한 가지 옴짝달싹할 수 없는 꾀를 지어냈다

조선공산당 모두를 낭떠러지로 밀어낼 그 구실은 바로
조선정판사 화폐위조사건의 큰 그림이니
조선공산당 건물 1층의 인쇄소
정판사 간판을 달고 있는 이 인쇄소에서
아무도 모르게 일제 지폐 원판을 쓱싹
빼돌린 뒤 우익 쪽 인사들에게 팔아치운
직원 일부를 미군정이 체포한 다음
그들을 모질게 고문해 거짓 자백을 받아
이관술이 위조지폐를 만들었다는 혐의를 씌워
이른바 조선정판사 위조지폐사건으로 부풀려
조선공산당 조직 모두를 일망타진한다는 거대한 흉계렷다

고문으로 받은 허위 자백으로 무장하고
조작한 증거물은 수사를 통해 입수했다고 우겨대며
하루아침에
이관술을 비롯한 조선공산당 조직원 모두를 체포하니
마른하늘에 날벼락
무기징역을 받은 이관술

대전교도소에 수감되고 말았다

11 — 독립운동가의 최후

1950년 6월 25일
겨레의 가슴에 서로 총부리를 겨누는
민족 최대의 비극
한국전쟁이 터진 지 얼마 안 된
7월 3일
병력을 태운 수십 대의 트럭을 이끌고
헌병대 지프차가 기세 좋게 대전형무소로 들이닥친 뒤
지프차에서 내린 헌병대 심용현 중위의 지휘로
노끈과 철사로 묶인 재소자들이 형무소 밖으로 줄줄이 끌
려 나왔다

심 중위는 가장 먼저 이관술을 지목해 총살을 명했다
차분한 표정으로 끌려온 이관술의 머리에
차가운 총구가 겨눠졌다
학살이 시작될 찰나

심 중위가 물었다
"마지막 가는 마당에
대한민국 만세를 부를 수 없나?"
이관술은
"조선민족 만세를 부르겠소"

하고는 정작 그가
"조선"이라는 말을 외치자
헌병과 경찰들이 일제히 사격을 실시했다

비명도 없이 쓰러진 이관술을 겨냥해
심 중위가 확인사살을 한 뒤부터
현역 군인들에 의한 민간인 학살
본격적인 피의 제전이 시작되었다

이때로부터 며칠 동안
대전형무소 재소자를 비롯해
대전 충남 지역 보도연맹원이 무참히 학살된 숫자는
1800명이라고도 하고 3천여 명이라고도 하는데
아니 아니 곱절 많은 7천여 명이라고도 하는데
죄 없이 죽어간 그 숱한 원혼들과 더불어
골령골에서 산화한 마흔여덟 살의 이관술은
지금 어느 하늘 아래에서 잠들고 있는가

묻노니 하늘이여 땅이여
인자한 성품과 높은 교육열에 빛나는 교육자
불굴의 의지로 항일운동에 앞장섰던 독립운동가
학암 이관술의 명예는 누가 되찾아줄 수 있는가
그의 빛나는 넋에 바칠 노래는
누가 있어
오래오래 통곡하며 불러줄 수 있는가

옥중에서 순국한
장진홍 의사

1 — 대구 한복판에서 터진 폭발음

1927년 10월 18일 오전 11시 50분쯤
대구시 한복판에서
지축을 뒤흔드는 폭발음이 터졌다
이날
조선은행 대구지점, 도청, 식산은행, 경찰부에서
몇 분 간격으로 터진 폭발의 위력은 실로 대단했다
은행의 창문이란 창문은 모조리 산산조각 났고
깨진 유리 조각이 대구역 광장까지 날아갔다
은행 주변 도로 가에 세워진 전깃줄은 헌 새끼줄처럼 끊어
졌다
건물 안에 있던 은행원과 경찰관 등 다섯 명이 부상을 입어
일본 경찰들의 간담이 서늘해졌다

이보다 이틀 앞선 10월 16일
경상북도 칠곡군 인동면의 어느 집 헛간에서는
한 젊은이가 있어
헌 노구솥과 가래 따위를 망치로 마구 쳐서
여러 조각으로 깨뜨린 다음

그것을 다시 잘게 부수고 있었다
그는 낡은 천에 파편을 그러모은 뒤
뇌관을 심고 도화선을 길게 만들어
다이너마이트와 함께 정성껏 삼끈으로 묶고는
신문지로 둘둘 말아 벌꿀상자 안에 넣었다

"됐다!
거사용 대탄大彈 네 개면
일본 놈들이 놀라 자빠지겠지!"

비장한 표정으로 하늘을 한번 쳐다보던 그는
일경에 발각되면 즉시 자결할 요량으로
자살용 소탄小彈 한 개를 조심스레 가방에 넣었다

폭탄을 제조한 사나이는 서른세 살의 청년 장진홍
1895년 경상북도 칠곡군 인동면 옥계동 문림마을에서 태
어나
1914년 조선 왕실의 근위부대인 조선보병대에 입대했던
망국의 마지막 군인이었다

2— 광복단 입단

을사늑약 이후 조선의 외교권이 박탈되고
1907년 군대마저 해산된 대한제국은 종이호랑이
1910년 나라를 일제에 빼앗긴 경술국치 이후

한 줌밖에 안 되는 조선보병대의 임무라고는
황실을 지키는 게 고작

"명색이 조선보병대 군인이면서
왜놈 상관들의 명령을 받는다면
어찌 이 나라의 군인이라 말할 수 있겠는가
이 치욕을 더는 견딜 수 없다!"

3년 만에 조선보병대를 그만둔 그는
1916년 광복단에 입단한 뒤
조국 해방을 위한 비밀 활동에 들어갔다

"오등吾等은
대한독립과 국권을 회복하기 위하여
죽음으로써 결의하고
구적仇敵 일본을 완전 구축하기로
천지신명께 서誓함"*

장진홍은 입단식에서 외웠던
선언문을 날마다 암송하며
왜놈들을 이 땅에서 쓸어버릴 각오를
하루하루 되새기곤 했다

*　1913년 경상북도 풍기에서 조직된 광복단의 선언문.

3 — 만주 봉천 희미한 등잔불 아래에서

초기에는
채기중 유창순 유장렬 정만교 김상옥 등이
대한광복단*이란 이름으로 동지들을 규합했으나
3년 만인 1916년에는
노백린 김좌진 신현대 윤홍중 심두현 등이 가세하여
광복단으로 이름을 바꾸었다

총사령總司令 박상진, 부사령 이석대
지휘장 권영만이 지휘부를 형성
그 아래로 재무부 선전부
그 아래에는 각 도에 지부장을 둔
군대식 조직을 갖춘 광복군이라
원래 군인이었던 장진홍은
규율과 명령체계를 의복처럼 두르니
비로소 어엿하고 떳떳했더라

부사령 이석대는 남만주 회인성에서 활동했고
길림으로 건너간 우재룡은 주진수 양재훈을 만나고
손일민, 이홍주를 차례로 만나 광복회 만주지부를 세웠다
조국 광복의 일념을 지닌 독립투사들은
만주에서 군대를 편성하여
애국심에 불타는 대한의 젊은이들을 끌어 모아

---

* 1913년 채기중이 중심이 되어 대한광복단(풍기광복단)이 결성되었고 1915년 박상
진이 이끄는 조선국권회복단 일부 인사와 함께 대한광복회로 확대 발전함.

군사훈련을 시키면서 아침저녁으로
뱃가죽이 울릴 만큼 외치고 또 외쳤다

"우리의 목표는 오로지 국권 회복이오!"

1918년 바람같이 만주 봉천으로 건너간 장진홍
광복단 소속의 이국필, 김정묵 등과 자주 만나
어떻게 독립운동을 전개해 나갈 것인가
일본 제국주의와 어떻게 맞서 싸울 것인가
머리 맞대고 논의했다

"우리는 본래 평화를 사랑하는 민족이지만
왜놈들이 총칼로 짓밟는 상황을
더 이상 묵과할 수 없소!
이제는 우리도 총을 들고
죽을 각오로 무장투쟁을 해야 하오!"

희미한 등잔불 아래에서 결의를 다진
장진홍과 광복단 동지들
어깨 걸고 맹세를 했다

4 — 기미년 흰옷 입은 사람들의 만세 소리

더욱 효과적인 무장투쟁을 위해
연해주 하바롭스크로 건너간 장진홍

믿음직한 한인 청장년 80여 명을 모아
살을 에는 혹한 속에서
뛰고 뒹굴며 한덩어리가 되어
수개월 넘도록 총검술 각개격파 사격술 등
군사훈련을 몸소 겪으며 시행해 나갔다

해를 넘겨 벅찬 가슴 붙안고
압록강을 건너 한달음에 달려오니
조국의 풀 한 포기 나무 한 그루마다
새롭지 않은 게 없었다
바로 그즈음

1919년 3월 1일
서울 탑골공원에서부터
"대한독립만세!"
흰옷 입은 사람들의 만세 소리가
하늘과 땅을 울리고 산천초목을 울리고
온 나라를 태극기의 바다로 만들며
도시의 거리마다 시골 장터마다
거대한 만세운동의 파도로 넘실거렸다

새로운 사람이 되어
새로운 눈으로 바라보는 새 세상
장진홍도 훨훨 벗어던지고
대문을 박차고 나갔다
무작정 바깥으로 나가

아는 사람이건 모르는 사람이건 얼싸안고
한데 모여 목 놓아 만세를 불렀다

정신없이 만세를 부르며 다니다 보니
이 동네 저 동네 이 마을 저 마을
윗동네 아랫동네 큰 마을 작은 마을
멀리멀리 다니며 훨훨 나는 듯 달리며
대한독립만세를 부르며 다니다 보니

멀리서 흙먼지 날리며 살기등등
일본 경찰 기마대 몽둥이 앞세워
일본도日本刀 빼어들고 만세 시위 군중 사이 누비며
걸리는 대로 닥치는 대로 마구 때리고 부수었다
일본 헌병대는 만세 시위를 했다는 이유로
마을을 온통 불태워 버렸다 화마가 날름거리며
잿더미로 스러지는 모습 즐기며 낄낄거리며
미친 악귀 되어 길길이 날뛰었다

조선의 마지막 군인이었던 장진홍
이제는 광복단 단원으로서 삼일만세운동의
거대한 격랑을 만나 태극기 휘날리며 방방곡곡 쏘다니며
만세 부르다 일본 경찰의 만행 두 눈으로 목도하면서
그 참상 일일이 조사하고 낱낱이 기록으로 남겼다

5 — 떠돌이 약장수

그해 7월
미국 군함 한 척이 인천항에 입항했다
때마침 함대에 근무하는 군인 가운데
경북에서 나고 자란 승무원 부사관 김상철
그를 만나 신신당부를 했다

"삼일만세운동 때 전국을 다니며
내 눈으로 직접 보고 들은 바를
여기 기록했으니
부디 이 문서를 여러 나라 언어로 번역해
온 세계만방에 널리 알려주길 바라오"

부사관 김상철에게 조사서를 전달한 뒤
비밀 조직원으로서의 임무를 새기면서
세계 여러 나라가 대한의 만세 소리 듣게 되기를
바라고 또 바라며 한 가닥 기대를 걸어 보면서도
마음 한편에서는
서글픔과 원한으로 새삼 가슴이 들끓었다
기미년 만세운동의 힘을 지렛대 삼아
더 치열한 독립운동 펼쳐 나가려 했으나
얼마 전부터
심상치 않은 기운이 발목을 잡는 까닭에
각별히 삼가며 주변 정리부터 해야 했다

한 해 전 1월
회원 가운데 이종국이란 자의 밀고로
총사령 박상진 등 광복군 지도부 서른일곱 명이
일경에 체포된 이후 감시의 그림자가 늘 따라붙어
발걸음 하나 옮기는 것조차 힘겨워졌다
이제부터는 조직원들과 만나는 것도 어려워
모든 것을 혼자서 해결하기로 했다

시간은 빠르게 흘러
어느덧 서른세 살 패기 넘치는
장년壯年이 된 장진홍
그는 광복단 조직원들과
비밀리에 만나는 한편
조국 광복을 위해
목숨 바쳐 일할 기회를 엿보며
경북 경산에서 떠돌이 약장수 행장을 갖춘
매약 행상賣藥行商으로
이 고을 저 고을
무른 메주 밟듯이 밟으며
재바르게 돌아다니고 있었다

6 — 아나키스트 호리키리 시게사부로

목련이 소담스레 피어나던
4월 어느 하루

장진홍의 거처로
광복단 회원 이내성이 찾아왔다

"장 동지!
호리키리 시게사부로(堀切茂三郞)를 만나 보시오
그를 만나 얘기를 나눠 보면
동지가 나에게 입버릇처럼 말한
무장투쟁의 새 길이 열릴 것이오"

"그가 누군가요?
믿을 만한 사람이오?"

"믿을 만한 사람이오
그는 일본인이지만
우리나라의 독립을 지지하는
아나키스트라오 그리고
솜씨가 빼어난 폭탄 전문가이지"

"알겠소 곧 만나 보리다"

이내성의 설명을 듣는 순간
장진홍의 머릿속이 환하게 밝아졌다
비로소
조국 광복을 위해
무엇을 해야 할지 그림이 그려졌다

이내성과 헤어진 며칠 후
장진홍은 은밀하게
호리키리 시계사부로를 만났다

"호리키리상!
나에게 폭탄 제조법을 알려줄 수 있겠소?
폭탄을 던져
일제의 무도함에 대해 경종을 울리려 하오
그리고
이 한 몸 바쳐 조선독립을 위해 싸울 생각이오"

"좋소
나는 본래 일본 제국주의의
광신적 전쟁놀음에 신물이 나
아나키스트가 된 사람이오
나 역시 조선독립을 열렬히 지지하는 바이니
장 선생이 부디 뜻하는 바를 이루시길 바라오
보다시피 이것은 다이너마이트 뇌관이오
도화선을 연결한 폭약을 함석 관에 넣은 뒤
그 속에 철편을 빼곡히 채워야 하오"

그는 신중한 표정으로
폭탄 제조법을 찬찬히 가르쳐주었다

"호리키리상! 고맙소!"

두 사람은 국적을 초월한
우정의 두 손을 굳게 맞잡았다

7 — 거사擧事

거처로 돌아온 장진홍
제조법의 전 과정을 빠짐없이 기록하고는
처음부터 끝까지 연습하고 또 연습하여
모조리 머릿속에 집어넣은 다음
기록지를 불태워 없앴다
다 만든 폭탄을 가방 속에 숨겨
깊은 산속 험준한 골짜기로 들어가
아무도 모르게 두어 번
터뜨리는 실험에도 성공했다

거사일은 10월 18일로 정했다
이틀 앞선 10월 16일
장진홍은 칠곡군 인동면 집에 틀어박혀
꼼꼼하게 폭탄 여섯 개를 만들었다
불만 붙이면
20분에서 30분쯤 뒤에 터지는
대단한 위력의 폭탄이었다
거사용 대탄 네 개
자살용 소탄 한 개
신문지와 삼끈을 한데 묶어

자전거 짐받이에 실은 다음
대구에 가서 하룻밤을 지냈다

이튿날 아침 아홉 시쯤
폭탄이 들어 있는 꾸러미를
자전거 짐받이에 싣고
장진홍이 향한 곳은 대구 시내의 덕흥여관
두 시간 반이 흐른 뒤
장진홍은 사환 박노선에게
수고료를 두둑히 주며 당부했다

"이것은 벌꿀 선물이니
내가 말한 순서대로
꼭 배달해주게"

장진홍이 일러준 대로 사환은
조선은행 대구지점을 필두로
도청과 식산은행 경찰부를 다니며
순서대로 전달했다

그로부터 약 30여 분 남짓 지났을까
오전 11시 50분쯤에서
정오가 가까워지는 즈음
대구 시내가 들썩일 만큼
커다란 폭발음이 들려왔다
콰콰쾅! 콰콰콰콰쾅!

연달아 연달아서 들려오는
거대한 굉음!

이날 일본인들은
일본 경찰과 일인 관공서 직원들은
꿈에서도 잊지 못할
지옥을 맛보았다

8 - 혼이 나간 일본 경찰들

조선은행 대구지점이 어떤 곳인가
조선의 자본을 빼돌리는 통로로 이용하는
일제의 중앙은행 아닌가

조선식산은행이 어떤 곳인가
동양척식회사와 더불어
조선 민중들의 재산과 간과 쓸개를 빼내어
수탈의 도구로 사용하던 흡착판 아니던가

일본 경찰서가 어떤 곳인가
죄 없는 조선인들을 마구잡이로 잡아다가
세상에 듣도 보도 못한 온갖 고문 앞세워
멀쩡한 인간도 어육으로 반송장으로 만드는 데 앞장선
무시무시한 공포의 형틀 그 자체가 아닌가

대한의 장한 군인 장진홍의 거사로
삼일만세운동 이후 온갖 탄압과 굴욕을 받으며
일시 잠잠해진 듯하던 우리 조선의 민족혼이
불같이 되살아나는 기운을 느끼게 해주었다
대구 시내를 강타한 커다란 폭발음에
길 가던 일인들 소스라쳐 놀라 게다짝과 함께 엎어지며
쥐구멍을 찾아 벌벌 기어가는 촌극도 벌어졌다

이날
일본 경찰은 비상이 걸렸다
대구 시내를 샅샅이 뒤지며
폭탄 투척의 범인 찾기에 혈안이 되었으나
단 하나의 단서조차 얻지 못했다

그 시각
장진홍은 감쪽같이 몸을 피한 뒤였으니
흔적조차 없이 홀연 사라진 그를
뉘라서 찾을 것인가

9 — 엉뚱한 불똥

화가 머리끝까지 치솟은 일본 경찰 수뇌부
빈손으로 돌아온 일경의 멱살을 잡아 흔들고
따귀를 치는 것으로도 모자라
분이 풀리지 않는지 온몸 부들부들 떨다가

"지금부터 비상이다!
범인을 잡을 때까지
집에 못 들어갈 줄 알아!"

엄포 놓으며 비상 근무령 내리니
여기서 툭 하면 귀 쫑긋
저기서 바스락 하면 두 눈 치뜨며
온갖 부산을 떨다가
이듬해
1928년 1월
한꺼번에 아홉 명을 체포해
"범인 잡았다!"
환호하는 수작들 좀 보소

알고 보니
성주의 만세운동에 참여한
애국지사 이정기 외 여덟 명을 끌고 와
물고문으로 몽둥이찜질로 피떡이 되게 한 뒤
거짓 자백을 받아 진범으로 둔갑시킨 사건이렷다

조선은행 대구지점 폭파사건의 불똥은
또 다른 곳으로 튀어
이원록과 원기 원일 원조
네 형제가 이 사건의 범인으로 몰려
몽땅 감옥으로 끌려 들어갔다

이때 가슴에 단 수인 번호
264번을 자신의 호로 선택해
훗날 민족시인 이육사로 불린
이원록
그 또한
독립운동단체 의열단에 몸을 담아
항일운동에 뛰어든 열혈남아였다

10 — 재판장을 향해 던진 돌멩이

장진홍은
안동과 영천에서 제2의 거사를 도모하다 실패하자
일본 오사카에 있는 동생 장의환의 집에 몸을 숨겼다가
이듬해인 1929년 2월
조선에서 비밀리에 파견한
조선인 경찰과 일경에게
끝내 체포되고 말았다
대구경찰서로 끌려간 장진홍
의거 사실을 순순히 인정하며
일경에게 당당히 일갈했다

"나의 이번 거사는
너희 야만 일본을 타도하기 위해
정의의 폭탄을 던진 것이다!
성공하지 못하고 너희들의 손에 붙들린 것이

천추의 유한이다!
그리고 너 조선인 경관은 들어라!
나는 대한의 마지막 군인이었다
조국 광복을 위해 싸우는 나를
응원하지는 못할망정
같은 대한의 피를 받은 자로서
일제 경찰의 주구가 되어
동족의 광복 운동을 이다지도 방해하는
악질 조선인 경관, 너의 죄상이야말로
나의 죽은 혼이라도 용서할 수 없다"

1930년 2월 17일
대구지방법원 1심에서 일본인 판사가
장진홍에게 사형선고를 내렸다
판결문 낭독이 끝나자마자
장진홍은 그 자리에서 소리 높여 외쳤다

"대한독립만세!"
"대한독립만세!"
"대한독립만세!"

내리 세 번 대한독립만세를 외친 그는
고개를 들어 한바탕 웃어 젖히더니
품 안에서 돌멩이를 꺼내어
재판장을 향해 던졌다
일본인 재판장이 혼비백산

의자 밑으로 쥐새끼처럼 숨을 때
분이 덜 풀린 장진홍
의자를 번쩍 집어 던지려 했으나
재빨리 다가온 일경에 붙잡힌 채
노여움 가득한 눈길로 법정을 노려보았다

11 ─ 마지막 편지, 자결

옥에 갇힌 장진홍은
책상 앞에서 종이에 무언가를 쓰고 있었다
맨 밑에 자신의 이름을 적은 뒤
간수에게 부탁하는 글을 덧붙였다
"이 편지를 부디
총독 사이토 마코토(齋藤實)에게 보내주시오"

그날 밤
간수들조차 잠든 새벽녘
장진홍은
차디찬 감옥 안에서
스스로 자결했다

일제의 더러운 손에 의해
목숨이 짓밟히기 전에
순국의 길을 택한 장진홍 의사
그의 싸늘한 주검과 함께 발견된

밤새 쓴 편지
한 대목을 읽던 간부
돌연 사색이 되어 부들부들 떨었다

"너희들 일본 제국이
한국을 빨리 독립시켜주지 않으면
너희들이 멸망할 날도
그리 멀지 않을 것이다
내 육체는
네놈들의 손에 죽는다고 하더라도
나의 영혼은
한국의 독립과
일본 제국주의 타도를 위하여
지하에 가서라도 싸우겠다"

한 줄기 생명을 모두어
준열하게 준열하게 꾸짖은
일제에 대한 경고이자
동시대인과 후세대인에게 남긴
결연한 유언이었다

조선의용대 부녀복무단 단장
박차정

1— 곤륜산 전투

눈이 펄펄 날리던
1939년 2월 어느 날
중국 강소성 곤륜산에 매복해 있던
한 무리의 독립군 대원들이
일본군과 생사를 건 총격전을 벌였다
수적으로 열세였지만 사기는 충천했다

그때
골짜기 아래 적진을 향해
총을 겨눠 종횡무진 돌격하며
한 발 한 발 응사하던
용감한 대원 한 사람이 쓰러졌다
스물두 명으로 이루어진
조선의용대 부녀복무단
단장 박차정이었다

늑골에 박힌 원수의 총탄
눈 쌓인 비탈을 적신 홍건한 피

"단장님!"
몇몇 부하들이 다급히 부르짖으며
헝겊으로 지혈할 때
죽음보다 더한 고통
뼈마디 저미는 순간에도
손가락으로 일본군을 가리키는 박 단장
자신을 놔두고 어서 적을 물리치라는
무언의 뜻이었다

2 — 아, 아버지!

1910년 5월 7일
부산 동래 복천동 417번지에서
아버지 박용한과 어머니 김맹련의
3남 2녀 가운데 넷째로 태어난 여식
박차정에게
하늘은 어떤 까닭으로
단단한 심지를 갖게 했나
어떤 기운이 있어
운명에 굴하지 않고
불가능을 거스르는
힘을 주었나

콩 심은 데 콩 난다고
이 집안에 흐르는 애국의 정념은

갑자기 돌출된 것이 아니다

아버지 박용한은
구한말 동래 지방에 세워진
개양학교와 보성전문학교를 졸업한 지식인
일찍이 신문물을 접한 선각자
탁지부度支部*에서 주사를 지낸 전직 관료
나중에는 측량기사 일도 했지만
기울어 가는 나라 걱정으로
잠 못 이루던 사람
1910년 일제가 나라를 집어삼킨 뒤
번민의 나날을 보내다가
총칼로 조선인을 찍어 누르는
무단통치의 잔학함에 몸서리면서
1918년 1월
그 무도함 참지 못하고 끝내 자결
우국의 충정을 바친
순정한 사람

그날 발견된 아비의 싸늘한 주검
집안에서 벌어진 엄청난 비극
차마 외면할 수 없는 끔찍한
사실과 마주친 딸 차정
아홉 살 어린 나이였지만

* 대한제국 때, 정부의 재무를 맡아 보던 중앙 관아.

누가 설명해주지 않았지만
나라 잃은 백성의 슬픔과 원한을
어떤 거역할 수 없는 신내림처럼
가슴에 품고야 말았다

3 — 바다처럼 넉넉한 어머니

남편의 순국 이후
독실한 기독교 신자로서
홀로 다섯 남매를 키운
어머니 김맹련은 누구인가
태항산 호랑이로 이름난
한글학자 김두봉
약산 김원봉과 의형제를 맺은
항일투사 김두전*
이들과 혈연으로 연결되어
민족의식이 몸에 밴
가계家系의 일원이었다

그 어머니에 그 딸
박차정 또한 어머니를 닮아
부드러우나 강직했고
약자를 보듬어주면서도

* 김맹련은 김두봉과 사촌이었고, 약수 김두전과는 육촌 간이었다.

61

강자에 대해서는 한없이 강했다
어머니의 눈빛 어머니의 걸음걸이
어머니의 말투 어머니의 깊은
심중에서 터져 나오는
겨레에 대한 사랑과 아픔
고스란히 박차정의 맥박에 흘렀다

박차정이 집안에서 가장 따랐던 이는
아버지 어머니 외에도
아홉 살 많은 큰오빠 박문희
세 살 손위인 둘째오빠 박문호
든든한 바람막이 두 오라버니에
언니 박수정 막내동생 박문하까지
다섯 오누이 우애 가득한 집
열다섯 살 꿈 많은 소녀 박차정은
조선소년동맹 동래지부에 가입하면서부터
새로 발견한 의미를 추구하는
활력 넘치는 삶을 시작했다

4 — 꿈 많은 일신여학교 시절

1925년 일신여학교 고등과에 입학
민족의식 강한 선생님들에게서
가갸거겨 조선어를
조선의 역사를

조선의 지리를 배우는 동안
이 나라 강토를 짓밟은
일제와 싸워야 한다는 각오를 다졌다

어른들의 사랑방에서 들려오는
긴박한, 세상 돌아가는 소식이며
큰오빠와 둘째오빠가 낮게 탄식하며
나라 걱정하는 표정들
마음속 갈무리하던 박차정
어려서부터 책을 많이 읽고
골똘히 깊은 생각에 잠기다가
연필 야무지게 쥐고
공책에 무언가 쓰는 걸 좋아했다
소질은 기회를 만나야 발견되는 법
일신여학교 동급생들이 반할 만큼
뛰어난 글 솜씨로 교지를 장식했고
빛나는 수필도 여러 편 실었다

'미지의 나라로 떠나신 언니
개구리 소리 듣기 좋아하더니
개구리는 노래하건만
언니는 이 소리 듣지 못하고 어디 갔을까!'*

교사로 일하던 언니 수정

* 일신여학교 교지《일신日新》에 게재한 박차정의 시 「개구리 소리」의 한 구절.

갑작스레 세상 떠난 뒤
막막한 슬픔 삭이며
수선화 같은 영정 앞에
시 한 수를 바친 날
평생을 두고도 잊지 못할
아득하고 텅 빈 나날들

5 ― 동맹휴학, 그리고 만세운동

고학년으로 진급한 뒤
선생님들의 비분강개에 호응하는
줄탁동시啐啄同時 형국으로
항일의식 차곡차곡 쌓아가다가
후배들을 향해
"우리도 독립운동에 뛰어들어야 한다!"
열정적인 어조로 다독이며 격려하더니
일신여학교 동맹휴학에 앞장서는
열정 넘치는 길라잡이가 되었다

자신도 모르게 내면이 다져지는
시간이 흘러
1927년 근우회에 참여한 박차정
반봉건, 반제국주의 기치를 내걸며
열렬히 활동을 전개하다가
1929년 3월

일신여학교를 졸업했다

머지않아 근우회의
경남 전형위원이 된 박차정
중앙집행위원 33인에 뽑히고
14인의 상무집행위원이 되어
핵심 지도부의 일원으로서
여성에 대한 차별 철폐
여성의 지위 향상
두 가지 문제를 특히 주장하며
선전 조직과 출판 부문에서
실무와 이론을 두루 아우르는
항일운동가로 성장해 갔다

그해 11월
광주학생의거가 터져
전국으로 항일시위가 퍼져 나가던 세밑
박차정은 이화여고보에 재학 중인 최복순
근우회 동지인 허정숙 한신광 등과 더불어
만세시위운동을 주도했다

면밀한 물밑 작업을 다진 뒤
이듬해 1월
이화여고보, 숙명여고보, 배화여고보, 동덕여고보,
경성여자상업학교, 경성여고보, 정신여학교,
근화여학교, 실천여학교, 여자미술학교, 진명여고보

서울 지역 11개 여학교에서 일제히
대대적인 만세시위운동이 일어났다

"대한독립만세!"

이 땅의 당당한 여학생들
밤새 그려 만든 태극기 흔들며
뜨겁게 뜨겁게 온 힘 다해 만세를 불렀다

6 — **망명**亡命

만세사건 이후
일경에 체포된 박차정
"네가 허정숙과 더불어
반일 만세운동을 모의했지? 빨리 대답해!"
어두컴컴한 서대문경찰서 취조실
인간 이하의 조롱을 가하던 일본 경찰
살기 띤 눈초리로 모질게 고문할 때
몇 번이고 까무라쳤다 이를 악물었다

고문후유증으로 병원 신세를 지면서도
부산방직 파업을 비밀리에 이끌다가
또 다시 체포되었다
잡아먹을 듯이 노려보는 일경
전보다 더욱더 잔인한 방법으로

물고문을 가하고 몽둥이로 때리고
옆구리며 등덜미며 배를 마구 발로 차
자궁에 결정적인 손상을 입혔다
영원히 임신할 수 없는 몸이 되었다
보안법과 출판법 위반 혐의로
재판에 넘겨진 박차정
몸을 가누지 못할 만큼
만신창이가 된 까닭에
병보석으로 풀려나왔다

집에 있어도 어디선가
따가운 눈초리가 느껴졌다
집 앞 골목에 나타났다가
금세 사라지는 그림자
일거수일투족을 속박하는
감시의 그물, 그물들
숨이 막힐 듯했다

그즈음
한 통의 편지가 날아왔다
"차정아! 듣자 하니 네가 고생이 많구나
속히 만나자 할 얘기가 많다"
의열단에서 활동하고 있던
오빠 박문호의 비밀 편지
반가운 글씨를 보고 또 보고
머릿속에 통째로 새기고는

아무도 모르게 태워 버렸다
은밀히 행장 갖춰
감시의 눈초리 따돌린 뒤
홀연 국경을 넘었다
1930년 2월 어느 날이었다

7 — 난롯가에서 싹튼 사랑

북경에 도착하니
반가이 맞아주는 두 사람
오빠 박문호와 외당숙 김두봉

"네가 많이 야위었구나"

걱정스레 말을 건네며
표정 어두워지는 사이
그들 옆에 서 있던 한 사내

"어서 오시오, 동지!"

다가오며 활짝 웃는다
말로만 듣던 의열단 단장
먼 길 떠나온 자신을
한낱 아녀자가 아닌 소중한 단원으로
생사를 같이할 동지로 받아들이는

약산 김원봉의 늠름한 모습

투르게네프를 애독하는 약산과
난롯가에서 오래오래 이야기를 나눈 뒤
그가
마음 한 자락을 차지하기 시작했다

8 — 독립투사가 되어

1931년 3월
북경에서 김원봉과 결혼한 박차정
여염집 여인네들 같은 설렘이나
달콤한 신혼 따위는 없었다
오직 일제와 싸우기 위한 훈련
전투에 임하기 위해 치러야 할
고된 극기의 나날이 있을 뿐

남경으로 넘어간 이듬해
박차정은 남편과 더불어
조선혁명군사정치간부학교를 만들었다
개교한 학교의 여자부 교관이 된 박차정
교가를 직접 만들어
학생들에게 가르쳤고
조회 시간마다 부르게 했다

"조선에서 자란 소년들이여

가슴이 피 용솟음치는

동포여 울어도 소용없는

눈물을 거두고 결의를

굳게 하여 모두 일어서라

한을 지우고 성스러운 싸움으로

필승의 의기가 여기서 뛴다*"

훈련 장소인 천녕사天寧寺**에서

임철애 혹은 임철산 등 가명을 사용하며

여성 단원들을 훈련시켰고 틈틈이

책을 읽어주거나 세계정세를 알려주며

교양을 끌어올려주기 위해 힘썼다

9 — 중국 항일전사들조차 감동시킨 선언문

이국땅에서조차 이념 차이로 삐걱거리던

조선혁명당, 한국독립당, 신한독립당, 의열단, 대한독립당

이 다섯 개의 독립운동단체를 하나로 묶기 위해

애를 쓰던 약산

1935년 6월

마침내 신산의 노력 끝에 5개 단체가 하나로 모여

---

* 박차정이 작사·작곡한 조선혁명군사정치간부학교 교가의 한 소절.

** 중국 강소성 남경시 강저구의 천녕사는 산 속에 있는 절이다. 이곳에서 청년 간부 3
기생들이 훈련을 받았다.

조선민족혁명당을 창당하니
우리 겨레 비로소
큰 활 장전한 듯한 쾌거 아니런가
박차정은 통합된 당에서 팔 걷어붙이고
맹활약을 했다 가장 먼저
지청천 장군의 아내 이성실과 손잡고
남경조선부인회南京朝鮮婦人會를 결성해
선언문을 작성하고 강연회로 여성들을 이끌었다

"우리들이 일본 제국주의를 타도하지 않는다면,
우리 부녀婦女는 봉건제도의 속박
식민지적 박해로부터 해방되지 못한다"*

선언문은
남경조선부인회뿐만 아니라
중국 항일전사들에게까지 퍼져
감동과 격동의 물결을 일으켰다

몸은 하나요 일은 백 개 천 개요
잠시도 쉬지 못하는 긴박한 날들
몸을 누이는 순간까지
선명히 살아나는
조선독립의 의지
반짝이는 별무리와 더불어

---

* 박차정이 작성한 남경조선부인회 창립 선언문의 일부.

하얗게 밝히는 밤들
대원들을 교육하고 조직하느라
고된 일정들 속에서도
맹렬한 투지는 꺼질 줄 몰랐다

10 — 중일전쟁

1937년 7월
북경 교외의 작은 돌다리
노구교에서 일본군은 교활한 꾀를 부렸다
일본군 사병이 사라진 것을 빌미 삼아
중국군에게 총격을 가했다
이미 6년 전
만주사변을 일으킨 제국주의 일본
노구교사건을 조작해
대륙 침략을 노골화하며
중일전쟁을 일으켰다

그해 11월
민족혁명당은 조선민족전선연맹을 창립
일본군과 싸울 채비를 갖추었다
박차정의 움직임도 바빠졌다
일본의 탄압을 받아
장사長沙에 머물던 임시정부에
특사로 가서 라디오 방송을 했다

남경을 짓밟은 일제의 만행을 고발하고
지금이라도 남녀 가릴 것 없이 힘을 모아
독립운동에 나서야 한다고
온 힘을 기울여 역설했다

11 ─ 빗발치는 총탄 속에서

1938년 10월
조선의용대가 만들어졌다
조선민족전선연맹을 모체로
한중 연합작전을 전개할 무장 조직
대장 김원봉은
주요 임무 세 가지를 내걸었다
전선에 뛰어들어 전투를 벌일 것
적의 후방에서 공작을 펼칠 것
동북 방향으로 진출해 적을 교란할 것
박차정은
스물두 명으로 이루어진
조선의용대 부녀복무단 단장을 맡아
소규모 부대를 이끌 것

1939년 2월
그날도 여느 날과 같은
전투와 전투의 한복판
아침부터 눈이 솔솔 오던

중국 강소성 곤륜산
일본군이 지나간다는 첩보를 받고
골짜기 위
비탈 능선쯤에 매복해 있던
독립군 대원들은
아래쪽에서 들려오는
일본군의 군호 소리에
차량 바퀴 굴러가는 소리에
잔뜩 귀를 기울이고 있었다

여기서 청춘을 묻어도 좋아
일본군을 물리칠 수만 있다면
이 골짜기에서 뼈를 묻어도 좋아
일본 제국주의를 몰아낼 수만 있다면
속으로 다짐하고 또 다짐하던 박차정
얼핏 쳐다본 하늘은
왜 그리도 시리기만 한지

다시 눈 부릅뜨고
대원들에게 전투 개시를 알리고
날리는 총탄 사이를 비호같이 피해
비탈과 비탈 사이를 번개같이 달리며
적을 향해 빗발치는 총탄을 퍼부으며
쓰러지는 적들, 어느 틈에 돌진해오는 적들
분간할 수 없는 지경
그 순간

불에 덴 듯 작열하는 통증
아득히 멀어지는 적들의 모습
먼 곳에서 들리는 듯한
대원들의 함성

박차정은
젖 먹던 힘을 쥐어짜
뭐라고 외쳤지만
그 소리
제 귀에는 들리지 않았다
가슴으로만 들을 수 있는 소리
저 골짜기의 원수를 향해
부르짖는 소리였다

이날의 치열한 전투는
일본군에게 호된 타격을 가했고
조선의용대의 이름 더욱 높였건만
박차정 단장
이날 입은 부상으로
병상에서 오래 고생하다
1944년 5월 27일
중경의 허름한 골목집에서
다시는 돌아올 수 없는 먼 곳으로
홀로 떠났다 서른넷
한창 푸르디푸른 나이였다

12 ─ 두 줄 문장으로 남은 묘비명

일본군과 마지막 일전을 치르기도 전에
갑작스레 찾아온 광복
남들처럼 감격과 기쁨 온전히
누릴 수 없는 심정 붙안고
1945년 12월
임시정부 군무부장 자격으로 잠시 귀국한 김원봉
두 손에 아내의 유골 받쳐 들고
자신이 나고 자란 곳에 고이 묻어주며
추모사를 바쳤다

"아내여! 나의 반석 같은 동지여!
생전에 조국 광복을 이루기 위해
이역 하늘 아래 풍찬노숙 밥 먹듯 하면서도
늘 책을 가까이하며 빛나는 언어로 글을 쓰던
지성미 넘치는, 존경하는 독립투사여!
훈련소에서나 숙소에서나 누구보다 먼저
부하들의 안위를 묻고 다독거려주던 사람
적들과 맞설 때에는
결코 물러서지 않고 치열하게 싸웠던
우리들의 영원한
조선의용대 부녀복무단 단장이여!
당신을 여기 이곳
나의 고향에 모시게 되었으니
부디 하늘에서도 조국 산천을 굽어 살피시고

내내 이 땅을 지켜주시오!"

그 후 80년 가까이
경남 밀양시 부북면 감천리 뒷산 양지바른 곳
낮게 엎드린 남편의 생가를
밤이나 낮이나 고즈넉이 바라보는 자리
중국 남경 천녕사 훈련소의 함성 소리
곤륜산 골짜기, 그 치열한 전투의 흔적
모두 지워진
조그마한 봉분 앞
'약산 김원봉 장군의 처
박차정 여사의 묘'
두 줄 간명한 글귀 새겨진
박차정의 묘비명
어루만지는
노루 꼬리만 한 햇살 한 줄기
그 위로
보리피리마냥 영롱하게 부서지는
직박구리 곤줄박이 멧새 박새 소리

제2부

장시
長詩

7
제
題

임시정부의 투사
정정화

1920년 1월
청초하다면 청초할
풋풋하다면 풋풋할
스무 살 나이에
상해로 떠난
여인 정정화

한 해 전인
1919년 10월
중국으로 훌쩍 떠난
남편을 찾아가는 길

아니 그보다
대한제국 규장각 제학을 지낸
시아버지 김가진을 봉양하러
떠난 갸륵한 길

조국이 강제 병탄당한 뒤
대동단 총재를 지내며
항일운동에 뛰어든 시아버지

장남 김의한을 데리고
상해로 망명한
그 길로 떠나는
위험천만한 길

친정아버지가 건네준
거금 800원 전대에 고이 넣고
바람찬 남대문역 들어서
경의선 기차에 탈 때까지
덜컹거리는 바퀴 소리 들으며
수색을 지나고 화전을 지나고
능곡을 지나고 일산역을 지나고
의주를 거쳐 국경을 넘어
봉천을 지나고 산해관을 지나고
천진을 지나고 남경을 거쳐서
1월 중순
상해에 도착할 때까지
한시도 마음 놓지 못했다

"아가
며늘아가
네가 대체 여긴 웬일이냐?"

일흔넷 꼿꼿한 노인으로
기상만은 대쪽같은
시아버지 김가진

며느리의 갑작스런 출현에
놀라워하면서도 뛸 듯이 기뻐하는 모습

"여보!
당신이 이 먼 곳까지 와주다니
정말 꿈만 같소"

두 손 꼭 잡아주며 활짝 웃어주는
남편 김의한
헌헌장부의 모습
시부와 지아비를 상봉한 것만으로도
지난 열흘 동안
팽팽히 곤두선 긴장감
바늘 끝처럼 마음 졸였던
정정화의 온 몸
한 줄기 청량함 적시는 듯했다

중국
그 넓은 땅 중에서도
비좁은 골목길 안
일경의 눈초리
곳곳에 스며든
항상 목덜미 서늘해지는 곳
궁기가 흐르면서도
도도한 광복의 기운 서린 곳

그곳
상해에 몸담은 순간부터
대한제국 고관의 며느리
대갓집 안방마님의 관습 벗고
상해임시정부
요인들 먹을 것
입을 것을 걱정해야 하는
임정 요인으로
독립투사로 변신했다

처음에는 남편과 시아버지를 위해
그 뒤에는 법무총장 신규식의 명을 받아
풍찬노숙하는 동지들을 위해
가냘프디 가냘픈 여인 정정화
국경을 여섯 번이나 넘어
천신만고 끝에 얻은 독립자금
속주머니 전대에 차고
상해임시정부에 가져다주니
목마른 대지에 물을 적시고
상한 영혼이 의지할 바를 찾은 듯
귀하고 귀한
빛나고 빛난
임정의 젖줄이 되었다

1940년
중경으로 옮겨온 임시정부

3년 후 한국애국부인회 재건대회 열릴 때
훈련부 주임으로 선출된
40대의 정정화
임정 살림살이 도맡아 하고
여성단체 활동에 나서면서도
몸 사리지 않았다

임정이 만든 삼일유치원*에서
독립투사들의 후예인 어린아이들에게
조국을
오랜 역사를
크고 빛나던 문화를 들려주고
지금은 잃어버렸지만
앞으로 되찾아야 할
이 땅의 미래를
함께 이야기하고 나누며
가르침을 주고받았다

광복의 그날이 도둑처럼 왔지만
이듬해 1월 하순이 되어서야
미군이 제공해준 수송선을 타고
독립투사로서가 아니라
연합군의 당당한 일원이 아니라
난민의 초라한 지위로

* 3·1유치원.

귀국한 정정화
어느덧
40대 중년 여인이 되어
꿈에도 그리던
조국 산천을 밟았다

남북에 다른 정권이 태동할 무렵
이승만의 단독정부 노선을 반대하는
김구의 한국독립당 노선을 따르던
뼛속까지 임정 요인이던 정정화
이승만 정부가 들어선 뒤
부통령 이시영이 제안한
감찰위원 자리를 당차게 거부한
여장부 정정화

1950년 6월
천추에 한이 될
동족상잔의 전쟁이 벌어진 뒤
그해 9월
남편 김의한이
인민군에 의해 납북되니
이 무슨 변고인가

또 하나
팔순 어머니를 모시고
조카 손녀를 거두느라

서울에 머물러 있으면서
피난 가지 못한 일로
서울 수복 후
"당신은 부역죄를 지은 혐의가 있어!"
종로경찰서 형사들의 모진 소리 들어가며
온갖 고초 당하고
한 달간 감옥살이까지 한 뒤
집행유예로 풀려나니

조국을 찾겠노라
단신으로
국경을 여섯 번이나 넘어
생과 사를 넘나들었건만
광복이 된 남쪽 나라
독립투사를 부역죄 따위로 옭아매니
억장이 무너지는구나

"아직껏 고생 남아 옥에 갇힌 몸 되니
늙은 몸 쇠약하여 목숨 겨우 붙었구나
혁명 위해 살아온 반평생 길인데
오늘날 이 굴욕이 과연 그 보답인가
국토는 두 쪽 나고 사상은 갈렸으니
옥과 돌이 서로 섞여 제가 옳다 나서는구나"*

---

*출옥 직후 정정화가 쓴 「옥중소감」 중 일부(정정화, 《장강일기》, 학민사, 1998).

감옥에서 나온 뒤
치 떨리는 분노 다스리며
하늘을 벽 삼아
일필휘지 한시를 써서 남겼다
시아버지 동농 김가진의 묘는 상해에
남편 김의한의 묘는 평양 애국열사릉에
따로따로 흩어져 있으니
해마다 기일이 되어도
향을 피울 일 난감하게 될 줄이야
누가 알았으랴
1991년
아흔한 살의 나이로 세상을 뜬
임시정부의 투사
영원한 독립운동가 정정화

만주 벌판 독립군의 어머니
남자현

1872년 경북 안동군 일직면 일직동
영남에서 석학으로 손꼽히는
남정한의 삼남매 중 막내딸로 태어나
부친의 가르침 받으며
일곱 살 때 국문을 깨우치고
《소학》과《대학》을 연달아 배울 제
가히 신동 소리를 듣던 남자현

열아홉 살에 부친의 제자
김영주와 결혼하여
경북 영양에 신접살림 꾸렸다
1895년 일본공사 미우라 고로가
일본 자객들 앞세워
명성황후를 시해한 을미사변 일어나자
남편은 영양 의병부대에 가담했다

이듬해
진보면 홍구동 전투에서
일인들과 싸우다
장렬히 전사한

남편의 시신을 수습한 남자현

"왜놈들아!
내 반드시 이 원수를 갚으리라!"

입술 깨물며 맹세했다
유복자로 태어난
삼대독자 성삼을 둘러업고
누에를 치고
베틀에 앉아
명주를 짜서
고운 옷감 내다 팔아
시부모 봉양하며
속으로 피눈물 삼켰다

1905년 을사늑약
덜커덕 체결되자
의분에 떨던 부친 남정한
의병부대 조직하여 일어서니

남자현도 분연히
의병을 모집하고
일본군의 움직임 면밀히 주시하며
시시때때로 동태를
남정한 의병부대에 알리며
음으로 양으로 돕다가

서울로 올라와
1919년 삼일만세운동
전국으로 활화산처럼 번질 때
마흔일곱 나이 아랑곳 않고
독립선언서 뿌리며
정열 불태웠다

맨몸뿐인 조선 민중들을 향해
득달같이 밀어붙이는
한 떼의 일본 기마경찰
말발굽으로 짓밟고
총칼로 찌르고 베고
무참히 총질로 도륙할 때
차마 눈 뜨고는 볼 수 없는
처참한 광경뿐

"평화로운 만세운동으로는
나라를 찾을 수 없다
무장투쟁만이 살길이다"

아프게 깨달은 진실
포효하듯 외치며
아들과 함께
남편의 원수를 갚기 위해
나라의 독립을 쟁취하기 위해

두만강 넘어 만주 땅으로 떠났다

중국 요령성 통화현
망명길에 오른 남자현
독립군단체
서로군정서에 들어가
독립군 뒷바라지도 하고
아들 김성삼 이끌어
신흥무관학교에 입학시켜
독립군 교육 받게 하며

조선인들이 거주하는
농촌 지역 다니며
열두 개의 교회 세우고
그곳에서
여자교육회 만들어
"여성도 새로운 세상의 주인이 되어야 한다
여성도 나라를 되찾는 데 앞장서야 한다"
여성계몽운동과 민족의식 드높이는
풀무질 쉬지 않았다

1925년 4월
사이토 마코토
조선 총독의 이름 부르며
"남편을 죽인 원수놈
내 이놈을 기필코 죽이리라!"

부르짖으며
비장한 각오 끝에
남편의 의병 동지
채찬, 이청산李靑山과 더불어
거사를 위해 조선에 들어갔다

그해 4월 26일
창덕궁 주변에서
총포를 터뜨릴 기회를 엿보던 중
과자 행상으로 변장한
의기의 남아 송학선이
금호문으로 들어오던 자동차를 급습
일본인들을 찔렀으나
아뿔싸 그들은
사이토 마코토 일행이 아니었다
그로 인해 일경은
전에 없이 삼엄한 경계 태세에 들어가
거사를 포기하고 두만강을 다시 건넜다

1931년
일제가 만주사변을 일으키자
이듬해 9월
국제연맹이 하얼빈에 조사단을 파견
진상조사에 나설 무렵
남자현은 왼쪽 무명지 두 마디를 잘라
"조선은 독립을 원한다"

혈서를 쓴 흰 손수건에 곱게 싸서
리튼 조사관에게 보내니
대한 여인의 장한 기개
만천하에 알려진 계기가 되었다

"사랑하는 나의 아들아
오늘 왼쪽 무명지 두 마디와 이별하려 한다
어쩌면 내 손을 채웠던 이 작은 것이
나라를 위해 큰일을 할 수도 있겠다 싶구나
지금 내게 두려운 것은 아무것도 없다
나라를 잃고 남편을 잃고
더 이상 잃을 것이 무엇이 있겠느냐?
이 늙어가는 육신의 일부라도 흔쾌히 끊어
절규를 내놓아야 할 때도 있는 것이 아니냐?
이제 칼을 들었다"

아들 김성삼에게 보낸 편지에
남자현의 거룩한 의지가 아로새겨져 있었다

1933년 봄
일본 관동군이 세운 괴뢰정부
만주국 건국기념일에
관동군사령관 겸 일본 전권대사로 부임한
무토 노부요시 육군대장이
건국절 행사 참가차
신경으로 온다는 첩보

그해 1월 초에 이 정보를 입수한 남자현

"이 일은 내가 처리한다
나는 이제 죽어도 아무런 여한이 없다
노부요시를 처단한 뒤
내 몸을 하얼빈 허공에
어육으로 날리리라"

동지들에게 의연하게 말한 뒤
권총 1정과 탄환
폭탄 등을 준비하여
중국인 걸인 노파로 변장
하얼빈 역으로 가던 중
그 뒤를 밟던
조선인 밀정의 고발로
일경에 체포되고 말았다

몸수색을 당한 뒤 비로소
알게 된 사실
의병 활동을 하다
전사할 때 입었던
남편 김영주의
피 묻은 의병 군복

"남편의 원수를 갚으리라"

다짐하고 다짐하며
자신의 옷 속에 껴입은
남자현의 굳은 의지
그 사실을 알 턱이 없던
일경은 놀란 눈을 뜰 수밖에 없었다

예순한 살의 나이에도
굽힐 줄 몰랐던
대한 여성의 청죽 같은 푸르름
누가 짐작이나 했으랴

하얼빈 감옥으로 끌려가
죽음보다 더한 고문으로
만신창이가 된 몸으로
감옥에서 6개월간
인간 이하의 대우를 받으며
8월 8일부터 옥중 단식투쟁 벌였으나
단식 아흐레 만에 실신
8월 17일 보석으로 풀려났지만
출옥 후 닷새 만인 22일
조선여관에서 여생을 마쳤다

20년간 만주 일대를 두루 다니며
독립운동에 몸 바친 남자현
뜻 있는 애국지사와
중국인 지사들로부터

독립군의 어머니로 불렸던
독립투사 남자현

"사람이 죽고 사는 것은
먹는 데 있는 게 아니고
정신에 있다
독립은 정신으로 이루어지느니라"

손자 김시현에게 유언처럼 남긴
천금처럼 귀한 이 말 한마디
광활한 만주 벌판과
한반도의 산천초목에게
오늘도 내일도 천둥처럼
하늘과 땅을 울리고 있다

간호부에서 독립투사로 변신한
박자혜

1895년 경기 양주*에서
태어난 박자혜
대여섯 살 어릴 적엔
궁궐에 들어가 아기나인으로
견습생 시절을 보냈다
1910년 12월 30일
'황실령 34호'를 반포한
일본 제국주의
제 놈들 마음대로
백여 명의 궁녀를 비롯해
수백 명의 궁궐 인력을 내보낼 때
열대여섯 살 무렵의 박자혜도
속절없이 궐 밖으로 쫓겨났다

상궁 조하서의 도움을 입어
숙명고등여학교** 기예과에 입학한 박자혜

---

*   현재의 서울시 강북구 수유동에 위치함.

** 숙명고등여학교. 1906년 설립 당시에는 명신여학교였으나 1909년 「고등여학교령」
에 의거해 숙명고등여학교로 개편했다가, 1911년 「조선교육령」에 의해 숙명여자고
등보통학교로 개편되었다. 따라서 1910년 박자혜가 입학할 당시 학교명은 숙명고
등여학교였다.

근대식 교육을 받은 이후
사립 조산부助産婦 양성소를 졸업한 뒤
조선총독부의원에서
3년간 조산부로 일하던 중
1919년 3월 1일
하늘과 땅이 들썩이는
만세 소리 들었다

아침부터 저녁까지
이 거리 끝에서 저 거리 끝까지
메아리처럼 돌림노래처럼
끝도 없이 이어지는
대한독립만세! 만세 소리
휘날리는 태극기 앞세워
노래하듯 목이 터져라 외치는
앞가슴 쫙 펴고 앞으로 나아가는
참으로 정겹고 장한
참으로 아름다운 사람들의 물결

아, 그러나
먼지 일으키며 달려오는 일본 기마경찰
살기등등한 눈빛으로
마구 휘두르는 총검
마구 쏘아대는 총탄에
무수히 많은 사람들 죽거나 다쳐
총독부 소속 병원에는 갑작스레

시신들과 부상자들이 밀려들어 왔다
들것에 실려 오는 참혹한 시체들
피 철철 흘리며 괴로워하는 부상자들
피 냄새 소독 냄새 진동하는 병동
지옥이 따로 없었다

한편으론 시신을 영안실에 안치시키고
한편으론 부상자들을 지혈하고 돌보던 박자혜
처음에는 너무나 큰 충격에 온 몸 굳어
팔다리가 움직여지지 않았으나
어느새 마음 가다듬고 이리저리 뛰며 간호하다가
3월 6일 일과를 마친 오후
병원의 조선인 간호사들을 옥상에 모이게 한 뒤
"우리도 조국을 위해 만세를 부릅시다!"
한 사람 한 사람 눈을 맞추며 설득하자
모두가 한마음이 되어 고개를 끄덕였다
박자혜를 중심으로 모인
간호사들의 독립운동단체 간우회가
이 땅에
최초로 만들어진 순간이었다

박자혜는 간우회를 이끌면서
민족대표 33인 중 한 사람인
이필주 목사와 자주 만나 조언을 듣는 한편
비무장의 만세 시위대를 무참히 짓밟은
일본 경찰과 헌병대의 짐승 같은 만행을 고발한

유인물을 만들어 길거리에 뿌렸다

몸은 피곤했지만 박자혜는 쉬지 않았고
총독부 병원에 근무하는 조선인 의사들과도 만나
일본인 의사들에 비해 차별 받는 임금이며
열악한 근무 조건에 대해 항의하는 차원에서
태업을 유도하는 등 적극적인 행동에 나섰다
만세운동을 벌일 거사일은 3월 10일
하지만 그날이 되기도 전에 비밀이 새어 나가
거사는 무산되었다

매의 눈으로 예의 주시하던 일경은
이른바 '간우회사건'이란 이름을 붙여
박자혜를 체포
유치장에 가두었다
병원장의 보증을 받고 가까스로 풀려난 박자혜
그 길로 총독부 병원을 박차고
홀홀단신 중국으로 떠났다

경의선을 타고 두만강 건너
심양 지나 북경으로 들어갈 때
무언지 모르게 벅차오르는 감정에 휩싸여
조국을 위해 한 몸 바치리라는 각오가 섰다
연경대학 의예과에 입학한 박자혜
새로운 학문을 접하며 공부하는 동안
실로 처음 맛보는 해방감에 뿌듯해 하였다

유학생활 1년여가 지난
1920년 봄
스물여섯 살 맑은 나날들을 맞아
얼어붙은 북경의 대기에도 생기가 솟아나던
어느 날
상해에서 건너온 한 중년 신사와 만났다

단재 신채호
첫 부인과 헤어진 뒤
10년째 독신으로 지내던 그는
임시정부 요인으로 활약하며
조국의 독립을 위해 청춘을 바친
나이 마흔한 살의 풍운아였다

그와의 만남은
이 세상의 것 같지 않았다
열다섯 살 나이 차이는 아무것도 아니었다
만난 지 얼마 지나지 않아
결혼한 두 사람
여관방에 차린 신혼살림집에서
큰아들 수범이 태어났다

하지만
시시각각 조여 오는 가난의 굴레
앞날을 예측할 수 없는 정치적 상황

두 개의 톱니바퀴를 견디지 못하고
결혼한 지 2년도 못 되어
가족 모두가 뿔뿔이 헤어져야 했다

1922년 어느 날
신채호는 북경 관음사에 들어가
몸을 의지하는 신세가 되었다
둘째를 임신한 박자혜는
어린 수범을 데리고
다시 두만강을 건넜다

잠시 친척집에 기숙하던 박자혜
어느 해 바람 찬 동짓달 그믐날
인사동으로 이사한 뒤
'산파 박자혜'
간판 붙이고 조산원*을 꾸렸다

그러나
정녕 밝은 빛은 사라진 것일까
희망은 영영 숨어 버리고 만 것일까

일거리는 없고** 호구지책은 아득하여

---

* 조산원 개원 연도는 분명치 않다. 1927년 베이징에서 신채호와 재회한 것으로 볼
  때 개원 연도는 그 이전으로 생각된다.

** 당시 대부분의 여성들이 출산을 산파에게 의존하지 않기 때문에 조산원 운영이
  어려웠다고 한다.

종로 네거리에서 풀 장사 참외 장사로
그야말로 입에 풀칠을 하니
아궁이에 불 때는 날
한 달에 네다섯 번이나 될까 말까

어느덧 커서
교동보통학교 2학년이 된
여덟 살짜리 큰아들 수범
허름한 옷에 날마다 굶다시피 하여
한 동네 아낙네들은 모자를 볼 때마다
끼니 걱정으로 혀를 끌끌 찼다

1928년 5월 신채호는
동지들과 뜻을 모아 외국환을 손에 넣어
독립자금 마련을 위해 대만으로 가던 도중
기륭항에서 일경에 체포되었다

10년 형을 선고받고
여순旅順감옥에서 수감생활을 하던 그는
감옥 안에서 고국의 아내에게 편지를 보냈다
"따뜻한 솜옷 하나만 보내주오"
편지를 받은 박자혜
미어지는 가슴 쥐어뜯으며 답장을 썼다
"아무것도 보낼 수 없어
마음만 보냅니다"

남편이 옥에 갇힌 뒤
더욱 일경의 감시가 심해지고
방세도 몇 달이나 밀려
주인의 독촉에 시달리며
기신기신 살아가던 속에
큰아들 수범의 등굣길마다
불쑥불쑥 나타나는 일본 경찰

책가방 마구 헤집어 놓으며
"아버지가 언제 연락했느냐?
너는 알고 있지? 알면 빨리 말해라!"
억지소리로 꼬치꼬치 캐물으니
겨우겨우 다니던 선린상고마저
중퇴하게 되었다 그 사실이
엄마로서는 더욱 원통하고 절통했다

1926년 12월 28일
황해도 사람 의열단 나석주
경성에 와서 동양척식회사와 조선식산은행에
폭탄을 던지는 거사를 실행에 옮겼다
바로 이때
비밀리에 나석주를 만나
거사를 도와준 박자혜

그이가 없었다면
조선총독부 산하기관으로서

조선의 경제를 착취한
경제수탈의 핵심 기관을 응징하는
그 엄청난 일이 어찌 그리 순탄했으랴
산 입에 거미줄 치는
참으로 모진 세월 속에서
박자혜
그이는 자신이 부서질 각오로
독립투사로서의 몫을 해냈다

1936년 2월 18일
여순감옥에서 한 통의 전보가 왔다
"신채호 뇌일혈로 의식불명
생명 위독, 관동형무소*"
이튿날
박자혜는 큰아들 수범을 데리고
급히 국경을 넘었다

여순감옥에 다다르니 남편은
숨만 겨우 붙어 있을 뿐
누가 오는지도 몰랐다
2월 21일 오후 4시
신채호는 마지막 숨을 몰아쉬고는
더 이상 움직이지 않았다
일세를 풍미한 독립운동가의 서거逝去

---

* 일본 통치 시기 중국 대련시의 여순감옥을 일본은 관동형무소라 불렀다. 한국과 중국의 사상범들이 대량으로 수감되어 있던 악명 높은 형무소이다.

북풍한설이 눈물마저 거두어 갔다

사흘 뒤
박자혜는 기차를 타고 경성에 왔다
그의 두 손에는 나무 궤짝이 들려 있었다
화장하여 잔뼈와 고운 뼛가루만 남은
남편의 유해였다

1942년
둘째아들 두범이
영양실조와 폐병으로 세상을 등졌다
슬픔이 뼈마디를 찔렀다

1944년 10월 16일
좁고 추운 단칸 셋방에서
평생 고문후유증으로 고생하던
박자혜
그토록 보고 싶어 하던
조국 광복의 그날을
10개월여 앞에 두고
51세를 일기로 눈을 감았다

독립운동가의 아내이자
그 자신 투철한 독립운동가였던
시대를 앞서간 선각자의
거룩한 최후였다

독립운동에 한 생을 바친 안동 마님
김락

경북 안동에는
사람 천석千石
글 천석
밥 천석
모두 합해 삼천 석 댁으로 불린
뿌리 깊은 양반 가문 있었지

그 집안
빼어난 문장가로
경상도 도사를 지낸 김진린에게는
1863년*에 얻은 천하보다 귀한 딸
의성 김씨 김락이 보배 가운데 보배였지

눈에 넣어도 아프지 않을
귀한 딸 김락
열여덟 살 나이에
영남 유림의 거두
양산군수 공조참의를 두루 지낸

* 1863년 1월 21일생.

이만도의 아들 이중업에게 시집을 가서
대갓집 맏며느리
막중한 소임 거뜬히 해냈지

1910년 8월
치욕스런 한일병탄을 당하여
시아버지 이만도
곡기 끊은 지 스무나흘 만에 순국하고
슬픔 가눌 길 없던 그즈음

친정 큰오라비 김대락
큰언니와 큰형부 이상룡 모두
식솔들 이끌고 만주로 망명하니
이들이
서간도에서 조직한 경학사는
훗날 독립운동의 교두보가 되었지

1914년
김락의 남편 이중업
"유림들의 궐기를 촉구하노라"
일필휘지로 쓴 당교격서 한 줄
안동과 봉화 장터에 돌리니
갓 쓴 유림이며 촌부와 아낙네까지
다들 비장한 글귀에 격동하는 가슴
억누르지 못하고 뜨거운 눈으로
하늘 한 자락 오래오래 쳐다보았지

1918년
김락은 대한광복회 총사령 박상진을
안동 집에 숨겨주었고
이때 박상진과 깊은 대화를 나누었던
맏아들 동흠
머지않아 대한광복회의 일원이 되어
군자금 모집을 비밀리에 수행했지

둘째아들 종흠 또한
1925년
제2차 유림단 의거에 뛰어들었지
두 아들 모두
일경에 체포되어 고초를 겪었지만
어머니 김락은
나라 위해 얻은 고생이라 여겨
오히려 영광으로 알았지

1919년
남편 이중업
3·1운동 활발할 때
파리장서巴里長書라 일컫는 독립청원서 발의하여
경북과 강원도 유림 대표의 서명을 받기 위해
발이 닳도록 뛰어다니다 일경에 체포되었지

1920년 11월

독립청원서를 중국 손문에게 보내기 위해
동지들과 더불어 백방으로 애를 쓰던 이중업
그만
출국 직전 병을 얻어 운명하고 말았지
그때
김락은 남편의 시신조차 확인할 수 없었지

한 해 전인 1919년
경북 예안면에서 시작된 만세운동 때
쉰일곱의 나이에도 괘념치 않고
대갓집 안방마님 자리를 박차고
대한민국 만세! 대한민국 만세!
손에 손에 태극기를 쥐고 온 동네 다니면서
목이 쉬도록 만세를 부르다가
쉰일곱 살 나이도 잊고서 온종일 만세를 부르던 김락
일경에 체포되어
온갖 야만적인 고문을 당하다가
두 눈을 크게 다쳐
그 후로는 아무것도
그 무엇도 볼 수 없는 까닭이었지

1894년 안동에서 시작된
의병항쟁의 길목을 열어젖혔던
시아버지 이만도의 기개

만주 독립군 기지를 수호하던

의용단에 몸담았다가 일경에 잡혀 고초를 겪은 뒤
억만금 종가 재산을 독립운동에 헌납한
맏사위 김용환의 배포

안동청년회의 일원으로서 독립운동에 써 달라며
거금 100원을 의연금으로 내놓은
둘째 사위 류동저

3대에 걸친 독립운동사를 써 내려간
안동 대갓집 며느리의 고귀한 생애
앞을 못 본 지 11년
1929년 운명할 때까지 지속된
그 기나긴 와신상담

날마다 날마다
왜놈들에 대한 분노로 치를 떨며
견뎌야 했던
죽음보다 못한 모욕의 세월
어찌 필설로써 가늠할 수 있을까

오늘 이 혼탁한 시대의 뒤안길에서
100년 세월 저편의 갈피를 더듬다가
문득 먼 곳 올려다보니
안동 대갓집 마나님
양반 체통보다 소중한
오직 대한독립의 염원 하나만을 부르짖으며

캄캄한 세월 속
질곡의 현대사를 헤치며
당당하게 앞으로 나아갔던
아름다운 이름

먹빛 천공을 비추는 뭇 별들 가운데
유난히 아담하게 빛나는
별 하나 있어
고개 들어 높은 하늘
우러러 우러르며
오래오래 치어다본다
안동의 별
김락이라는 별

함경북도 명천 독립만세운동의 주역
동풍신*

기미년 삼월 일일
독립만세운동이 전국으로 퍼져 나갈 무렵
삼월 10일
함경북도 성진에서도 태극기의 물결 속에
나라 잃은 사람들이 만세운동에 나섰다

삼월 12일에는 길주 등지로 번져 나갔고
삼월 14일에는 이 고을 저 고을에서 모여든
5천여 명의 만세 시위대가
함북 명천 헌병 분견대 앞에서
"대한독립만세!"
우레 같은
천둥 같은 소리로 만세를 불렀다

이때 완전무장한 일본 헌병들
기마대 앞세워
맨손뿐인 시위대를 짓밟았다

---

* 동풍신(董豊信, 1904~1921): 독립운동가. 함경북도 명천군 하가면 지명동에서 동민
수董敏秀의 둘째 딸로 태어났다. 1919년 3월 15일 하가면 화대동에서 일어난 3·1운
동에 참여해 체포되었으며, 1921년 서대문형무소에서 옥사하였다.

그뿐이랴
끝없는 만세 소리를 꺾어 버리려
무차별 총격을 가했다

불시에 쏟아진 총탄을 맞아
다섯 명이 그 자리에서 고꾸라졌다
대낮의 흙바닥을 적시는 붉은 피
총에 맞은 다리를 질질 끌며
총검에 찔린 옆구리 부여안으며
산지사방으로 흩어지는 사람들

삼월 15일
전날 일본군이 저지른 살육 소식에
분개한 윗마을 아랫마을 주민들
박승룡, 김성련, 허영준, 김하용 등이 앞장선 가운데
화대장터에 운집한 5천여 명의 인민들이
대한독립만세를 목이 터져라 불렀다

이즈음 오래도록 병상에 누워 지내던
마을 주민 동민수
자리를 털고 일어나 깨끗한 입성으로 갈아입고는
해쓱한 얼굴로 화대장터에 나와
태극기를 든 동네 주민들과 더불어

"대한독립만세!"

외치니, 비로소 사람 구실을 한 듯해
기쁘면서도 뜨거운 눈물이 차올라
한 걸음 걷고 만세! 두 걸음 걷고 만세!
소리 높여 부르짖으며
여럿이 어깨 걸면서 명천 면사무소로 행진했다

"너는 일제의 주구가 되어
우리 주민들을 괴롭혔으니
이제라도 네 죄를 닦으려면 만세를 불러라!"

시위대 맨 앞쪽에서 터지는 고함 소리
면사무소에서 면장 동필한을 끌어내어
으름장을 놓는 소리
기가 질려 기회만 엿보던 면장
시위대가 한눈파는 사이
가까운 헌병 분견대로 냉큼 줄행랑을 쳤다
눈앞에서 일제의 앞잡이를 놓친 시위대
분한 마음 삼키며 노기 띤 목소리로

"면장 동필한을 내놓아라!"

호통을 치며
대한독립만세를 부르고 또 불렀다
시위대와 함께 동민수 또한 팔 걷어붙이며
분견대 앞에서 목청껏 만세를 불렀다

이때
함경북도 길주 헌병대에서 지원 나온
제27연대 소속 일본 기마헌병 열세 명
일본 경찰과 나란히 도열해
시위 군중을 향해 받들어 총 자세로
조준사격을 가했다

"악!"
소리와 함께
누군가 맨 먼저 쓰러졌다
그는 바로
오랜 병상을 털고 일어나
죽으면 죽으리라 각오 다지며
만세시위운동에 앞장선
동민수였다

그와 함께 동시에
여러 명이 길바닥 위로 낙엽처럼 쓰러졌다
재빨리 골목으로 흩어지는 시위대
총알을 피해 도망가면서도 공포에 질리기보다는
분노로 온몸이 와들와들 떨렸다

잠시 뒤
비보를 듣고 달려온 동민수의 딸 동풍신
열여섯 살 여자아이
한동안

피투성이가 된 아버지를 부여안고
목 놓아 울다가
핏발선 두 눈 부릅뜨고 벌떡 일어났다

"대한독립만세!
대한독립만세!
대한독립만세!"

두 손 번쩍 치켜들고
큰 소리로 만세를 불렀다
만세 소리를 듣고
마치 감전이라도 된 듯
이 골목 저 골목에서 모두들 뛰쳐나와
또 다시 대한독립만세를 외치며
거리를 행진했다

"면장 그놈이 헌병을 불렀다!"
누군가 말했다
흥분한 시위군중의 한 무리는 그 길로 면사무소로 우르르
달려갔다
"일제의 주구들이 득시글거리는 소굴을 불태우자!"
또 한 무리는 동필한 면장의 집으로 뛰어갔다
"일제의 앞잡이 동필한 면장 놈 집을 불태우자!"
두 곳에서 동시에 고함 소리가 터졌다
두 곳에서 동시에 사나운 불길이 치솟았다

이날 일본 경찰에 끌려간 동풍신
함흥형무소에 갇힌 상황에서 재판을 받았다
법정에서 판사가 물었다
"왜 만세를 불렀는가?"

"아버지가 만세를 부르다가
헌병이 쏜 총탄을 맞고 돌아가셨다
나는 아버지를 대신해서 만세를 불렀다"
동풍신은 만세 부른 이유를 당당히 말했다

거듭되는 고문을 받으면서도
결코 굴복하지 않고
일본인 판사 일본인 검사 앞에서도
떳떳하게 독립만세의 의지를 드러내 보였다

가증스런 일본 경찰은
서대문형무소로 이감된
동풍신을 회유하기 위해 간교한 술책을 부렸다
같은 고향 출신의 술집 여자를
동풍신과 같은 감방에 몰래 들여보냈다
어느 날 술집 여자가 동풍신에게 말했다
"네 어머니는 네가 감옥에 들어간 뒤
밤낮 네 이름만 부르다가 돌아가셨구나"

그 말을 들은 동풍신
옥창을 보며 몇 번이나 까무러쳤다

물고문에 구타에 만신창이가 된 몸으로
밥 먹는 것조차 잊고
머리 쥐어뜯으며 슬피 울더니
1921년, 현저동 차가운 옥방에서
채 피어나지도 못한 열여덟 곱디고운 나이 동풍신
대한독립만세 소리에 휩싸여 눈을 감았다

함경북도 명천 출신 동풍신 열사여!
무악재, 바람 찬 거리에 서면 지금도 들려오는
시들지 않는, 그 처절한 만세 소리여!

조선의용대 부녀대 부대장
이화림

1905년 을사늑약의 화인이
이 땅의 심장부에 찍힐 때
평양에서 태어난 이화림
조국의 하늘 찢기운
1910년 경술국치
여섯 살 순한 눈에도
먹장구름
짙게 드리웠더라

그로부터 9년 뒤
두 오빠와 함께
기미년 만세운동에 참여했던
열다섯 살 당찬 기상
막힌 데 없이 뻗어 나가며
비할 바 없이 크고 넉넉하며
맑고 드높았어라

스물두 살 싱그러운 나이
조선공산당에 입당해
학생운동을 벌였으나

120

일경의 감시
그물코처럼 촘촘해지자
1930년 상해로 망명
드넓은 세상과 만났더라

한글학자로서 항일운동에 전념하던
김두봉의 천거로
임시정부 산하
의열투쟁 조직인 한인애국단에
입단한 이화림
김구의 비서가 되어
동해라는 가명으로 활약하면서
독립운동에 깊숙이 발 디뎠어라

1932년 4월 29일
일왕 히로히토의 생일잔치가 열린
상해 홍구공원에서
윤봉길이 물통폭탄을 던질 때
그 폭탄에 맞아
상해 파견군 사령관 시라카와 등이 죽거나 다칠 때
왜놈들 혼비백산하여 공포에 떨 때
공원 입구에서 이를 조용히 지켜보고 있던
단 한 사람

며칠 전
윤봉길과 더불어

일본인 부부로 위장해
천장절 행사가 진행될
홍구공원 답사를 조용히 다녀왔고
거사 당일 일경의 눈을 속이기 위해
둘이서 다정하게 팔짱을 끼고
공원까지 침착하게 걸어와
거사를 준비하고 있던
바로 그 이화림

그이가
식장에 들어가지 않았던 까닭은
거사 며칠 전
"이보게, 동해 동지!
자네는 중국어는 물 흐르듯 잘하지만
일본어가 서툴러서
자칫 잘못하면 검문 때 발각될 수 있으니
공원 입구에서 대기하고 있게"
라고 말한
김구의 신중한 당부가 있었기 때문

석 달 전인 1월 8일
도쿄에서 관병식을 마치고
궁성으로 돌아가던
일왕에게 수류탄을 던져
비록 히로히토는 죽이지 못했지만
마차가 뒤집어지는 충격을 주어

왜놈들의 간과 쓸개를 졸아들게 만든
이봉창의 의거에도
이화림은 깊숙이 관여하였더라

1월 초순
상해임시정부 사무실
"어렵게 구한 폭탄을
일본으로 가져가는 게 문제로군요
아! 제 바짓가랑이 속에 주머니를 만들어
그 안에 수류탄을 넣어 가져가면 어떨는지요?"
난감한 표정을 짓던 이봉창이
묘안을 떠올리자
"음, 좋은 생각이군
이보게 동해 동지!
자네, 바느질 좀 잘하나?
이봉창 동지의 바지 속에
안주머니를 만들어줄 수 있을까?"
김구가 이봉창의 바짓가랑이를 가리키며
이화림에게 도움을 청했더라

"예, 제가 한번 해 보겠습니다"
망설임 없이 대답한 이화림
가게에서 산 비단 천 조각을
이봉창이 벗어주고 간
바짓가랑이 속에 덧대어
저녁 내내 한 땀 한 땀 바느질하여

속주머니를 만들어주었더라
다음날, 이봉창은
수류탄을 바지 속에 꼭꼭 여며 넣은 뒤
일본으로 건너가 거사를 치렀더라

이미 오래 전
조국을 되찾겠노라
하늘과 땅에 맹세한
독립투사 이화림

윤봉길의 홍구공원 의거 후
일경의 감시 더욱 삼엄해지고
상해임시정부 요원들 모두
중국 남동부
절강성의 소도시
가흥으로 옮겨갈 때
이화림은 홀홀단신
광동성의 성도이자
혁명의 발상지 광주廣州로 떠났더라

동지의 주선으로
중산대학 의학원 부속병원
견습 간호사로 일하던 이화림
한 청년 연사의 열띤 연설을 듣고
온 심장이 격동되는 울림을 느꼈더라
그 연사는 의열단원 출신

약산 김원봉과 함께
조선민족혁명당을 조직
중앙위원 겸 선전부장을 맡았으며
조선의용대를 만들어
항일전투에 참가한 혁명가 윤세주였더라

윤세주의 연설에 감동한 이화림
그 길로
위진남북조 시기 6왕조의 수도였던
남경으로 달려가
의열단장 김원봉의 부인 박차정을 비롯한
여러 여성 단원들과 더불어
조선민족혁명당 부녀국에서
선전활동을 벌였더라

그즈음
신혼살림을 사는 동안
독립운동에 대한 엇갈린 견해로 자주 언쟁하며
번민하던 지난날을 베어내기 위해
"큰 혁명을 위해 작은 가정을 포기한다"
과감한 뜻 밝히며
중산대학 유학생이던 남편 김창국과
이혼을 결행하였더라

1938년 봄, 이화림
중경에서 의료활동을 할 즈음

모친 곽낙원을 여의고
장례를 치른 김구를 만난 자리에서
"동지는 지금도 공산주의자인가?"
김구의 돌연한 질문을 받고
"저는 공산주의자입니다"
굽히지 않고 밝힌 이화림의 소신 답변
"그럼 우리는 앞으로 다시 만날 일이 없겠구나!"
단칼에 절연을 선언한 김구

이 짧은 만남 이후
두 사람은 다시는 마주치지 않았더라
또한
삶과 죽음의 문턱을 함께 넘나들던
동지의 이름 이화림
백범일지에 단 한 번도 언급되지 않았더라

1938년 10월
조선의용대 대장 김원봉
부녀대 부대장 이화림
진용을 갖추어 활약하다가
1942년 5월
중국 팔로군과 조선의용대가 협력해
태항산 전투를 벌일 때
이화림도 이 전투에 참가해
일본군과 맞서 용감히 싸웠더라

이화림을 비롯한
여성 대원들
총을 들고 싸우면서도
남성 대원들의 끼니를 위해
밥 짓는 일까지 도맡아 하며
선전활동도
전투도
마다하지 않고 옹골차게 해내었더라

이즈음
지독한 가뭄으로 먹을 것이 떨어졌을 때
소금마저 한 톨 남지 않았을 때
이화림 부녀대 부대장
소금기 머금은 돌을 갈아
산에서 뜯은 돌미나리에 섞어 만든
돌미나리 산채비빔밥
동지들에게 주었더라

날마다 이 계곡 저 골짜기
돌미나리 찾아 헤맬 때
어렵게 발견한 돌미나리
두 손으로 뜯을 때
어린 시절 들로 산으로 다니며
부르던 정겨운 그 노래
도라지 타령 한 자락 떠올리고는
도라지 대신 미나리로 바꾸어

미나리, 미나리, 돌미나리
태항산 골짜기에 돌미나리
한두 뿌리만 캐어도
광주리에 차누나
미나리 타령 구성지게 부르곤 했더라

1943년 12월
"조선의용군은 연안으로 이동하라!"
중국 공산당의 결정이 내려졌을 때
짐을 싸고 있던 조선의용군총부 대장 무정 장군
"이화림 동지!
공부를 다시 시작할 의향이 있소?"
뜻밖의 제안을 했더라

"어떤 공부 말씀입니까?"
묻자
"뜻이 있으면 길이 있는 법
견습 간호사로 일한 경력도 있으니
의학 공부를 해 볼 생각이 있느냔 말이오"
재차 구체적인 방법을 일러주자
고민 끝에
연안중국의과대학에 진학하여
의학을 공부하게 되었더라

1945년
공부가 쌓여 가던 그해 8월 15일

연안에서 해방을 맞이한 뒤
중국 의료기관에서 줄곧 일하다
퇴직하여 만년에 정착한 대련에서
안 입고 안 쓰며 모은 귀한 돈을
연변 조선족 자치주
연변아동문학상기금회에 헌납하고
투명하디 투명한 빈손으로
1999년 2월
95세의 노혁명가 이화림
높은 하늘로 훨훨 날아갔더라

아우내장터의
유관순

1919년 4월 1일
아우내장터 만세시위운동에 나선
3천여 군중들 하나하나가
청사에 길이 빛날 의병들이었다
그날 오후 1시 30분경
해일이 기슭을 덮치듯
독립만세시위 행렬이 장터 마당을 가득 채울 때
쌀섬 위로 올라가 목이 터져라
"대한독립만세!"
외치는 처녀가 있었다
자그마한 체구에서 뿜어져 나오는
카랑카랑한 음성
다부진 눈매의 여학생
이화학당 고등과 1학년생 유관순柳寬順이었다

1902년 12월 16일
충남 목천군 이동면 지령리*
병천의 옛 지명

* 현재의 천안시 동남구 병천면 용두리.

마을을 둘러싼 산의 물이 흘러

여기에 모인다 하여 이름 붙여진

이곳 아우내에서

사회 개혁과 교육사업을 일으켜

자주독립의 길을 개척하고자 홍호학교興湖學校를 만든

식견 높고 너그러운 아버지 유중권柳重權

어질고 지혜로운 어머니 이소제李少悌

양친 사이에서 둘째 딸로 태어난 관순

위로는 언니 계출癸出과 오빠 우석愚錫부터

아래로는 인석仁錫 관석冠錫 두 남동생까지

다섯 오누이가 오순도순 의좋게 살았더라

일찍이 불어온 개화의 바람 따라

1899년 스웨러* 선교사가 세운

지령리 교회는 마을 주민들의 모임터

스웨러 이후

남편 샤프** 선교사와 더불어 순회 여선교사로 일하던

사애리시*** 부인이 이곳에 와서

선교활동을 하며 복음을 전했고

관순이 태어나기 한 해 전인 1901년

---

* 스웨러(W. C. Swearer, 1871~1916, 한국명 서원보徐元輔): 미국 감리회 소속 선교
사. 경기, 충청 지역의 선교 개척자로서 수원과 공주 지방에 복음의 씨앗을 뿌렸다.

** 샤프(Robert Arther Sharp, 1872~1906): 캐나다 출신의 선교사. 충청 지역에 55
개의 신앙공동체를 조직했으며, 공주 최초 학교인 '영명학교'의 기초를 닦았다.

*** 사애리시(앨리스 하몬드 샤프Sharp, Alice J. Hammond, 한국명 사애리시史愛理施):
샤프 선교사의 부인으로, 캐나다에서 태어나 미국 감리교 선교사로 내한. 일찍 작고
한 남편 샤프 선교사의 유지를 받들어 공주에 큰 교회들을 세우는 데 기여하며 한국
에서 47년간 선교사역을 했으며, 유관순에게 신앙의 어머니로서 큰 영향을 끼쳤다.

박해숙 전도사가 오면서부터
매봉교회로 바뀌어 부흥되기 시작했다

1905년 을사늑약 체결되자마자
방방곡곡에서 들불처럼 일어난 을사의병들
용감하게 항일운동 펼쳐 나갈 때
매봉교회는 남몰래 의병들에게 식량을 전해주었다
관군이나 일본 군대에 쫓기는 의병들에게는
옷가지며 신발, 감자 몇 알씩이라도 건네주었다
이 사실을 알게 된 일본, 이를 부드득 갈며
군대를 보내며 명령했다

"불령선인들이 다니는 그 교회를 불태워 버려라!"

1907년 8월 국채보상운동이 벌어졌을 때에는
너도나도 발 벗고 나서는 사람이 많았다 그즈음
《대한매일신보》에 소개된 매봉교회 교인만 해도
여든두 명이나 될 정도였다
뒤에서 그림자처럼 힘을 덧보태며
교인들 모두 한 몸처럼 온 마음 모두어
십시일반 모금으로 솔선수범하니
이 일을 면밀히 지켜보며 눈엣가시로 여기던 일본
그해 11월 군대를 보내며 또다시 명령했다

"불령선인들이 발붙이지 못하게
매봉교회를 아예 잿더미로 만들어라!"

1905년, 그리고 2년 뒤인 1907년
한 번도 아니고 두 번씩이나
일본 군대의 방화에 의해
매봉교회가 흔적도 없이 사라지자
이듬해인 1908년
억장 무너지는 가슴 안고 고향 아우내로 돌아온
관순의 작은할아버지 유빈기
케이블* 선교사와 더불어
조인원**, 유중무와 손을 맞잡고
다시금 교회를 일으켜 세웠다
이때부터 관순의 숙부 유중무가
선교사로 일하게 되었다

관순은
다섯 살 때부터 교회에 다니며
오르간에 맞춰 찬송도 부르면서
한글을 깨우친 영특한 아이
남에게 지기 싫어하는 쇠고집에
자기주장을 서슴없이 내놓는 당찬 아이
사내아이들과 곧잘 어울리다가 골탕도 먹으며
마을 청년들이 우국창가 부를 때면
그 옆에서 또랑또랑한 목소리로
"무쇠골격 돌주먹 청년 남아야……"

* 케이블(E. M. Cable, 1874~1949): 한국명 기이부奇怡富로 불렸던 선교사.
** 조인원(趙仁元, 1865~1932): 일제강점기 독립운동가인 조병옥의 부친.

또는
"샘물이 돌고 돌아……"
따라 부르며 주먹을 꼭 쥐곤 했다

어린 관순에게 매봉교회는
집이자 놀이터이자 배움터
새벽부터 찬 마룻바닥에 꿇어앉아
기울어 가는 나라를 위해 눈물로 기도하는
어른들의 모습을 보는 것만으로도
무언지 모르게 한 뼘씩 커 가는 느낌이 들던
믿음의 터전이자 신앙 훈련의 그루터기
민족혼을 배양하는 씨앗들의 모꼬지
교회의 십자가와 높다란 종탑
하늘 향해 간절히 모은 두 손
부르짖는 통성기도와 낮은 흐느낌
입안에서 웅얼거리는 찬송 소리
이 모든 것들이 한데 어울려
때로는 세상을 보는 창이 되어주었다
관순이 매봉교회에 갈 때마다
딸처럼 아끼며 귀여워해주던
사애리시 부인의 격려와 다독거림을 받으며
기독교가 무엇인지 나라사랑이 무엇인지
새록새록 배우며 깨달으며 성장해 나갔다

공주 영명여학교에 들어가
공부하던 어느 날

사애리시 부인이 찾아와
"유관순! 이화학당에서 공부하지 않을래?"
가슴이 콩닥콩닥
"예, 하겠습니다"
또렷이 대답하자
사애리시 부인이 눈 크게 뜨며
"좋아! 그럼, 내가 추천서를 써줄게"
쾌활하게 말한 뒤 손을 꼭 붙잡았다
유관순의 가슴에 푸른 꿈이 드리워졌다

1916년
경성에 와서
이화학당 보통과 2학년에
교비 장학생으로 편입한 유관순
사촌언니 유예도, 서명학, 이정수와 함께
기숙사 생활을 하면서 선후배들과도 친해졌다
이즈음의 유관순은
이화학당 프라이* 학당장의 보살핌을 받으며
학문에 열중할 수 있게 된 것을
인생 최대의 행복이라 여겼다

1918년 3월 18일
유관순은 이화학당 보통과를 졸업하고
그해 4월 1일 고등과에 진학했다

* 프라이(Lulu E. Frey): 1839년 한국에 선교사로 파송된 후 1907년부터 이화학당의
  당장(오늘날의 교장)을 맡았고 1910년에 이화학당 '대학과'를 설립했다.

학교생활을 성실히 할 뿐만 아니라
어려운 처지의 동료를 앞장서서 돕곤 하여
선생님들의 사랑을 듬뿍 받았다
학당에서 세계사를 열린 눈으로 바라보게 해주어
학문의 기쁨을 맛보게 해준 이는
김란사* 선생이었다
주일마다 예배드리던 정동교회에서는
애국정신과 신앙을 위해 몸 바쳐야 한다고 강조하는
감리교의 손정도 목사와 이필주 목사의 설교를 듣고
감화를 받고는 항일운동에 나설 각오를 되새기곤 했다

어느 날 오후 3시, 기도회가 열렸다
학생들 전원이 모든 수업을 중단하고 강당에 모였다
유관순도 선배를 따라서 강당에 들어갔다

"을사늑약이 있은 뒤부터
우리 이화학당 문예서클 이문회以文會가
조국의 독립을 기원하는 기도회를 열기 시작했단다"

강당에 오면서 들었던 선배의 설명대로
기도회는 시국토론회로 이어졌고
외부 인사 초청 시국강연회에서는
급변하는 세계정세를 조망하는 시간을 가진 뒤

---

* 김란사(金蘭史, 1872~1919): 우리나라 여성으로서는 처음으로 미국 오하이오 웨슬
리언대학교에서 문학사 학위를 받고 귀국해 구국의 의지를 실천해 나가던 독립운
동가.

일본의 침략 행위를 강하게 규탄하는
연사의 열띤 논조가 강당을 쩌렁쩌렁 울렸다

기도회가 끝나고
기숙사 방으로 돌아온 유관순
가슴속에서 쿵쾅쿵쾅 우레가 치고
섬광이 터지는 듯 번개가 내려꽂히는 듯
별안간 하늘이 열려 새로운 세상이 보이는 듯
맥박이 강하게 뛰고 심장이 터지는 듯해
마음을 가다듬고 심호흡을 하면서
저도 모르게 공책에 쓰기 시작했다

"나는 잔다르크가 될 거야
조선의 잔다르크가 될 거야"

언젠가 김란사 선생에게서 세계사를 배울 무렵
프랑스의 애국 소녀 잔다르크의 일화를 떠올리고는
조선의 독립을 위해서라면 목숨까지 바칠 각오로
공책에 적어 놓은 글귀를 뚫어져라 쳐다보며
작은 소리로 몇 번이고 외쳤다
그 외침
제 귓속으로 들어와 심장에 박혀
밤새 가슴을 울리고 또 울렸다

1919년 3월 1일 오후 두 시 정각
실로 천지가 개벽하는 일이 벌어졌다

민족대표 33인 가운데 스물아홉 명이
인사동 태화관에 모여 독립선언식을 거행했다

"우리는 이에 우리 조선의 독립국임과
조선인의 자주민임을 선언하노라
이로써 세계만방에 알리어
인류평등의 큰 도의를 분명히 하는 바이며
이로써 자손만대에 깨우쳐
민족자존의 정당한 권리를 영원히 누려 가지게 하노라"

한용운이 독립선언서를 엄숙히 낭독한 뒤
모인 사람 모두가 일어서서
대한독립만세를 삼창하고 축배를 들었다

같은 시각 탑골공원에서는
수천 명의 인민과 학생들이 운집해 있다가
2시 30분경
경신학교 졸업생인 정재용鄭在鎔이 선언서를 낭독
5천여 명의 군중이 독자적으로 만세 시위에 들어갔다

이에 앞서 하루 전날
이문회를 통해 삼일만세 시위의
움직임을 미리 알고 있던
유관순은 서명학, 김분옥, 김희자, 국현숙과 더불어
5인의 시위결사대를 조직해
만세운동에 가담할 것을 맹세했다

다음날
탑골공원에서부터 행진해 온 수많은 만세 시위대가
드디어 이화학당 부근을 지날 즈음
결사대와 함께 교문을 나서려 하자

"너희들을 내보내 고생시킬 수 없다
나를 밟고 넘어갈 테면 가라"

두 팔 벌려 막아서는 프라이 학당장
눈물 어린 만류를 뿌리친 뒤
소복 차림으로
눈 질끈 감고 뒷담을 넘었다
유관순과 결사대는
한달음에 대한문으로 달려가
고종의 죽음 앞에 애달피 곡을 한 뒤
남대문 쪽으로 나아가 시위 대열에 뛰어들었다

그로부터 나흘 뒤인 3월 5일
유관순은 결사대와 더불어
삼일운동 학생 대표 강기덕, 김원벽이 주도한
학생 연합 시위에 동참했다

이를 위해 며칠 전
유관순은 유예도, 이정수와 의기투합
십시일반 모은 돈 1원으로 생전 처음

종이와 빨간색 물감 구입해 태극기를 그렸다
밥공기 엎어 놓고 태극 원을 그린 다음
팔괘는 어물어물 비슷한 형태로 흉내를 냈다

밤새 그린 태극기를 기숙사 방방마다 붙여 놓자
이를 발견한 사감이며 선생들이 떼어내느라
한바탕 소동이 벌어졌다
결사대가 태극기를 흔들며
만세시위운동에 참여하니
남대문역 앞에는
고종의 인산에 참여한 조문객들을 비롯해
길거리로 쏟아져 나온 서울 지역 학생들까지
대략 1만여 명의 사람들로 넘실거렸다

두 갈래로 나뉜 시위 행렬이
남대문시장에서 조선은행으로
대한문 앞에서 을지로 입구로
마지막에 보신각에서 합류해
'대한독립기'를 펄럭이며
대한독립만세를 목놓아 외치니
일제의 사슬에 묶인 삼천리 반도 금수강산이
모처럼 대한독립만세 소리로 날아갈 듯했다

이날 교사 김독실과 함께 이화학당
유관순, 신특실, 유점선, 노예달 등 여학생들이
만세 시위 현장에서 일경에 체포되어

경찰서 유치장에 갇히는 신세가 되었으나
일제 경무총감부에 선이 닿은
프라이 학당장이 급히 손을 써서
모두 풀려났다 김독실 선생만
감옥에 수감된 상태로

3월 10일
조선 사람들의 우렁찬 만세 소리에
잔뜩 위기감을 느낀 조선총독부는
전국의 중등학교 이상의 학교에 대해
임시 휴교령을 반포했다

역사의 물꼬를
막는다고 막아질 일인가
그럴수록 만세 시위는 전국으로 번져 나갔다
굳게 닫힌 학교 문 앞에서
유관순은 한 가지 결심을 굳혔다

"예도 언니! 여기서 손 놓고 있을 수는 없어
우리가 병천에 내려가 만세운동을 벌이는 게 어떨까?"
"좋아!"

유관순의 제의에 흔쾌히 대답한 유예도
두 사람은 마주 보며 싱긋 웃고는
밤새 만든 태극기와 독립선언서를 품에 안고
기차에 몸을 실었다

고향 병천에 내려간 유관순
아버지와 마을 어른들 앞에
태극기와 독립선언서를 내놓으며 말했다

"보십시오! 삼천리강산이 저리 들끓고 있는데
우리 동네만 가만히 있어야 되겠습니까?
우리도 외쳐야 합니다 마을 사람들 모두가 나서서
우리의 민족혼이 서슬 푸르게 살아 있음을
일본 제국주의가 감히 짓밟을 수 없음을
정의의 깃발을 들고 당당하게 평화롭게 외치며
보란 듯이 만세시위운동을 벌여야 합니다!"

이화학당 고등과 1학년
열여덟 살 어린 소녀의 말이 아니었다
이 나라의 독립을 소원하는 젊은 의병의 말이었다
그 말이 끝나자 아버지를 비롯한 어른들
감격한 모습으로 비장한 각오를 밝혔다

"유관순 학생의 말이 참으로 옳소이다!
우리 모두 식민지의 굴레를 벗고
자주독립의 기치를 내걸며 떨쳐 일어섭시다!"

그날부터 유중권은
감리교 동면 속회장인 조인원趙仁元

유림 대표인 이백하*를 중심으로
20여 명의 동네 유지들과 머리를 맞대며 의논한 끝에
만세운동의 기획은 이백하가
자금 모집과 운영은 유중무가
맡기로 한 가운데
4월 1일 아우내 장날을 거사일로 정했다
아울러
아우내장터에서 낭독될 독립선언서는
유관순이 비밀리에 가지고 온
탑골공원의 독립선언서를 바탕 삼아
이백하가 다시 작성하기로 했다

거사를 하루 앞둔 3월 31일 밤
유관순은 지령리 매봉에서 봉화를 올렸다
내일, 반드시, 만세시위운동에 참여하시오!
무언의 약속을 다짐하는 봉화가
밤하늘을 환하게 밝히며 솟구쳐 올랐다
그러자 건너편 산등성이에서 봉화가 밝혀졌다
알겠소! 우리도 꼭 만세시위운동에 참여하겠소!
또 다른 산등성이마다 여기저기에서
질세라 기세 좋게 잇달아 봉화를 올렸다
봉화를 확인하며 두 눈을 반짝이던 유관순
하늘을 우러러 기도를 올렸다

---

* 이백하(李栢夏, 1899~1985): 천안시 성남면 석곡리 목골에서 태어나 평생을 항일
독립운동과 초·중등교육에 헌신한 독립운동가. 호는 포암連巖이며, 1919년 기미년
4월 1일 아우내장터 독립선언서를 기초한 인물이다.

"오 하나님, 이제 시간이 임박하였습니다
원수 왜倭를 물리쳐주시고 이 땅에 자유와 독립을 주소서
내일 거사할 각 대표들에게 더욱 용기와 힘을 주시고
이로 말미암아 이 민족의 행복한 땅이 되게 하소서
주여, 이 소녀에게 용기와 힘을 주옵소서"

거사 당일인 4월 1일
병천면 아우내 장날
장터로 통하는 길목에서
유관순 유예도를 비롯한 여러 청년들이 늘어서서
밤새 붓으로 그려 만든 태극기와 함께
미농패지에 여러 날 동안 복사한 독립선언서를
몰려오는 장꾼들에게 나누어주었다

"오늘 마음껏 대한독립만세를 외쳐주세요!"

한 사람 한 사람마다 눈을 마주치며 용기를 불러일으키자
장꾼들 속에 섞여 들어오는 마을 사람들 모두
고개를 크게 끄덕이며 말없는 다짐을 했다

드디어 오전 9시
약속한 그때 그 시각이 되자
조인원이 품에서 독립선언서를 꺼내 낭독했다

"2천만의 민족이 있고 3천리의 강토가 있고

5천년의 역사와 언어가 뚜렷한 우리는
민족자결주의를 기다리지 않고
원래 독립국임을 선포하노라
민족의 대표 33인이 선봉이 되었으니
13도 2천만 민중은 뒤를 이어
때를 잃지 말고 궐기하라 분투하라
인도 정의의 두 주먹으로
잔인무도한 일본의 총칼을 부수라
정의의 칼날 앞에는 간악한 창과 방패가 굴복할 것이다
하늘은 의로운 무리를 도울 것이며
귀신은 반드시 극악무도한 자를 멸할 것이니
동포여 염려할 것 없고 주저할 것 없이
오늘 정오를 기하여
병천 시장에 번득이는 태극기를 따르라 모이라
잃었던 국토를 다시 찾자
기회를 놓치면 모든 복도 가느니
두 주먹을 힘차게 쥐고 화살같이 모이라
반만년의 문화민족이 노예시 야만시 하는
일본의 굴욕을 감수할 것이랴
기미년 4월 1일 구국동지회 대표 일동"

독립선언서 낭독을 끝낸 조인원이
"대한독립만세!"를 큰소리로 선창했다
아우내장터에 모인 장꾼들이
일제히 "대한독립만세!"를 외쳤다
이때 유관순이 '대한독립'이라 쓴

장대에 매단 큰 태극기를 흔들며
시위 대열에 앞장섰다
동시에 이백하 유중권 조인원 유예도와 함께
장거리를 뒤덮은 3천여 명의 군중이
아우내장터 이곳저곳을 누비며
목이 터져라 대한독립만세를 부르자
"저것들 잡아! 조센징들을 짓밟아 버렷!"
어디선가 득달같이 나타난
병천 헌병주재소의 헌병들
총검 마구 휘두르며
만세시위운동에 참여한 사람들을
짓뭉개기 시작했다

만세 부르는 어린아이 노인 할 것 없이
만세 부르는 처녀애들 아낙네들 할 것 없이
만세 부르는 지게꾼 청소부 두부장수 할 것 없이
만세 부르는 학생들 청년들 마구잡이로
곤봉으로 내려치고 일본도로 찌르고 버혀내어
기마경찰 말발굽으로 호루라기 소리로 총검으로
마구마구 도륙하고 짓밟고 짓이기어
흰옷 입은 우리 겨레 피투성이로 쓰러져
온통 아비규환 온통 단말마의 비명 소리
그러나 그 피의 지옥도 속에서도
끈질기게 들려오는 대한독립만세 소리
태극기 든 오른손 일본도로 잘라내면
왼손으로 다시 태극기 흔들며 대한독립만세!

왼손마저 잘라내면 온몸을 태극기인 양 높이 쳐들어
대한독립만세! 대한독립만세! 대한독립만세!
큰 소리로 외치다 길바닥에 나동그라지는
이 나라 죄 없는 백성들의 참혹한 죽음

머리가 깨지면서도
어깨가 부서지면서도
다리가 꺾이면서도
가슴을 찔려 피를 토하면서도
대한독립만세를 외치는
이 땅의 장삼이사들 농투성이들
죽으면서도 죽어 가면서도
끝내 온 서해 바다를 붉게 물들이는
일몰의 장관처럼 대한독립만세로
대한독립만만세로 저잣거리를 흥건히 적시는
아아 끝도 없이 밀려오는 흰옷 입은 백성들

아우내장터는 순식간에 유혈이 낭자한 가운데
그 지경 속에서도 만세 소리 끊이지 않으니
그 지경 속에서도 만세꾼들 장터로 밀려오니
더 많은 병력으로 만세 시위를 억누르기 위해
지원 요청을 받고 달려온
천안 일본군 헌병분대원들과 수비대원들
아까보다 더욱 잔인하게 총검 휘둘러
시위운동자들을 마구 찔러댔다

이 모습을 본 유중권
"왜 사람을 함부로 죽이느냐?"고 항변하자
일본 헌병이 단숨에 총검으로 찔렀다
"오오, 여보! 이를 어째! 이 살인마들!"
눈앞에서 절명한 남편을 보고
이소제가 헌병을 향해 달려들자
망설임 없이 대검을 휘둘렀다
남편 옆으로 짚단처럼 무너지는 이소제

몇 발짝 떨어진 곳에서
순식간에 부모의 죽음을 목격한 유관순
하늘이 무너지는 슬픔
땅이 꺼지는 아픔
눈에서 불꽃이 튀었다
심장이 찢어지는 격렬한 통증에 휘청
간신히 균형 잡고 일어나
"이 흉악한 놈들아!
왜 우리 아버지 어머니를 무참히 죽이느냐?"
유관순은 장터가 뒤흔들릴 만큼
큰 소리로 절규하며
피가 거꾸로 솟는 분노를 쏟아냈다

유관순은
숙부 유중무, 조인원 조병호 부자, 김용이와 더불어
아버지의 시신을 둘러메고 병천 헌병주재소로 달려갔다

"이 간악한 왜놈들아!
우리 아버지를 살려내라! 우리 어머니를 살려내라!"

고래고래 소리를 지르며 항의 시위를 했다
함께 따라간 수많은 시위대의 함성 소리
하늘을 찌르는 가운데 격분한 유중무
두루마기 끈을 풀고는
헌병의 목을 휘감아 졸라맸다
옆에 있던 헌병 보조원이 뜯어말리자
"너는 보조원을 대대손손 해먹으려느냐?
너도 때려죽일 테다!"
호통을 치며 눈을 부라렸다

이때 바로 옆에 서 있던 김용이가
주재소 마당의 헌병 보조원들을 향해
고래고래 고함지르며 주먹을 치켜들었다

"너희들은 조선 사람이면서
무슨 영화를 보겠다고
왜놈들의 졸개가 되었느냐?
왜놈들의 보조원 노릇이 그렇게 좋더냐?
우리와 함께 만세를 불러라!
이 죽여도 시원찮을 놈들아!"

유관순은 고야마(小山) 주재소장 앞으로 한발 나아가
그의 멱살을 쥐고 흔들며

핏발선 눈으로 집어삼킬 듯 소리 질렀다

"나라를 되찾으려고 정당한 일을 했는데
어째서 총기를 사용하여 내 민족을 죽이느냐?"

이때 주재소 마당을 둘러싼 시위 군중들
강탈당한 태극기를 헌병에게서 도로 빼앗아
힘차게 휘두르며 함성을 질렀다

"죽은 사람들을 어떻게 할 테냐? 우리도 함께 죽여라!"
"우리는 죄가 없다. 구금자를 석방하라!"

발 구르며 금방이라도 주재소를 습격할 태세를 갖추니
이에 눈이 뒤집힌 헌병대
무차별 사격으로 시위대를 해산시켰다
장터 마당에는 순식간에 널브러진 시신과
총상을 입고 피를 흘리는 중상자들로 가득했다

이날의 학살로 인해
열아홉 명의 사망자와 서른 명의 부상자가 발생했으니
평화로운 만세시위운동을 총칼로 도륙하는
일본 제국주의의 만행이 처처에 이와 같았다

갑작스런 발포로 시위 군중이 해산되자
헌병들은 유관순을 비롯해
유중무, 조인원, 조병호 부자와 김용이 등을 붙잡아

천안헌병대로 끌고 갔다
일본 헌병들은 유관순에게 주동자가 누구냐고 물으며
인정사정없이 몽둥이로 후려치고 물고문을 가했다
하지만 유관순은 이를 악물고 견뎌내며
오히려 고문을 가하는 헌병을 향해 호통을 쳤다

"내가 주동자다! 죄 없는 다른 사람은 풀어줘라!"

얼마 후 공주감옥으로 옮겨질 때
군중들이 모인 곳에서는 어김없이
"대한독립만세!"
토해내듯 외쳤다
이송된 공주감옥에서
만세시위운동에 가담했다가 끌려온
오빠 유우석을 만난 유관순
나란히 죄수복을 입은 채
서로를 쳐다보는
오누이의 두 눈에 뜨거운 눈물이 맺혔다

공주지방법원에서 재판이 진행될 때
유관순은 법정에서 일장 연설을 했다

"나는 한국 사람이다
너희들은 우리 땅에 와서 우리 동포들을 수없이 죽였다
또한 나의 아버지와 어머니를 죽였다
죄를 지은 자는 바로 너희들이다

151

우리들이 너희들에게 형벌을 줄 권리는 있어도
너희들은 우리를 재판할 그 어떤 권리도 명분도 없다
그러므로 나는 이 재판을 거부하겠다"

그해 5월 재판장은
공주지방법원에서 징역 7년을 선고했다
곧장 경성복심법원에 공소했기에
유관순은 서대문감옥으로 이감되어
6월 30일
경성복심법원에서 징역 3년 형을 선고받았고
상고하지 않은 까닭에 형이 확정되었다

서대문형무소에 수감된 유관순은
아침저녁으로 독립만세를 소리 높이 외쳤다
눈만 뜨면 독립만세를 외치자
간수들은 유관순을 함부로 발로 차고
시도 때도 없이 물고문 잠 안 재우기 고문
몽둥이로 때리며 개돼지 취급을 했다

1920년 3월 1일 오후 2시경
3·1운동 1주년을 맞이한 그날을 기념하기 위해
유관순은 수감 중인 이신애, 어윤희 등 동지들과 함께
대대적인 옥중 만세운동을 펼쳤다

대한독립만세! 대한독립만세! 대한독립만만세!

이에 호응한 서대문형무소 3천여 명 수감자들이
일제히 쇠창살 붙잡고 발을 구르며 만세를 부르니
만세 소리가 옥창 너머 현저동 일대를 진동하여
반갑고 고맙고 서럽고 기가 막힌 그 소리 들으려
수많은 사람들 형무소 주위로 모여들어 함께 만세를 불러
길목마다 북적이는 인파에 지나다니는 것조차 힘들 지경
이라
휘리릭 휘리리리릭!
어느새 한 떼의 일본 기마경찰이 출동하여 호각 불며
모질게 채찍 휘두르며 군중들을 해산시켰다

이 일로 유관순은 지하 감방에 감금당한 채
이루 말할 수 없는 비열하고 잔인한 고문을 당했다
말로는 표현할 수조차 없는 온갖 끔찍한 고문으로
급기야 방광이 터지는 중상을 입은 몸으로
대한독립만세를 외치던 유관순은
1920년 9월 28일 오전 8시경
캄캄한 서대문감옥에서
영양실조로 퉁퉁 부은 몸으로
장독杖毒이 온몸에 퍼져
광명의 그날을 끝내 맞이하지 못하고
열아홉 살 꽃다운 나이로 눈을 감았다

"내 손톱이 빠져나가고
내 귀와 코가 잘리고
내 손과 다리가 부러져도

그 고통은 이길 수 있사오나
나라를 잃어버린 그 고통만은
견딜 수가 없습니다
나라에 바칠 목숨이
오직 하나밖에 없다는 것이
이 소녀의 유일한 슬픔입니다"

현저동 그 캄캄한 옥방에서
마지막 순국의 순간에도
어김없이 터져 나온
조국에 대한 사랑의 독백
아우내장터의 의병에서
대한의 잔다르크로 산화한
유관순의 유언이
푸른 하늘에 별빛으로 떠서
어제도 오늘도 내일도
조국의 어둔 길을 비추고 있다

제3부

장시 長詩

3제 題

청년 장사
김구

삼월 초순이라고는 해도
바람끝 매섭기로는
한겨울과 같은 날씨에
대동강 위를 저어 가는 나룻배 하나이
평안도와 황해도를 가로지르는 물줄기 위로
커다란 얼음덩어리, 바위 같은 빙산들
한없이 떠내려오는 사이로 이리저리
기우뚱거리며 위태롭게 떠가는
그 사이
콩나물시루처럼 가득
배에 탄 사람들 날 저물어 갈수록
근심 반 두려움 반 애가 탄 나머지
스멀스멀 피어오르는 공포로 울부짖을 즈음
한 청년이 뱃전에 서서 외쳤다

"여기서 그냥 죽을 셈이오?
저 얼음덩어리들을 밀쳐내서
뱃길을 만듭시다!"

말을 마치기가 무섭게

그 청년
뱃전에서 가장 가까운
커다란 얼음덩어리 위로 뛰어올라
작은 얼음덩어리들을
손과 발로 밀어내기 시작했다

"좋소! 나도 하리다!"
"나도 하겠소!"

청년의 행동에서
용기를 얻은 장정들 서로 나서며
제각각 얼음덩어리 위로 뛰어올라
그보다 작은 얼음덩어리들을
죽을힘을 다해 밀어내었다

"배가 지나갈 길이 생겼다!"

배 안에 타고 있던 사람들
안도의 한숨 몰아쉴 적에
사공이 필사적으로 노를 저어
집채만 한 얼음덩어리들 사이로
간신히 빠져나간 조그만 나룻배
밤 이슥해질 무렵
황해도 치하포 나루에 당도했다

배에서 내린 길손들 한목소리로

"젊은이 덕분에 살았소이다
대체 어디 사는 누구요?
은인의 이름이라도 말해주오"
성화 빗발치니
"아니오, 여럿이 힘을 합쳐 한 일이오
거저, 해주 사는 김창수라 하오"
짧게 말한 청년
곧장 주막으로 향했다

다음날,
주막집에서 일찍 일어난
창수 청년 마루에 앉아
먼 산 쳐다보고 있자니
어느 한 방에 앉은 촌 노인
두루마기 차림의 사내와 말을 섞고 있었다
황해도 장연에 살며
평안도 진남포로 간다는
성이 정가라고 말한 눈빛 매서운 그 사내
장연 사람이라면서도 서울 말씨를 쓰고
억양이며 말투가 어색하다고 느낄 무렵
사내의 허리춤에서 삐죽
칼집이 보였다

'말끔한 차림에 일본도라니,
왜놈이 틀림없군'

찰나에 드는 비상한 생각
문득
요사이 국모를 시해한 무리들
조선 복색으로 위장하여
사방팔방으로 염탐하러 다닌다는
풍설이 있어
잔뜩 경계하던 차에
마음 깊은 곳에서부터
불길이 치솟아
저도 모르게 주먹 불끈 쥐고
비장한 결단을 내렸다

그 자리에서 벌떡 일어난 창수 청년
주막집 주인에게 밥값을 치르는
젊은 사내를 향해
"너 이 간악한 왜놈아!"
벽력같이 고함을 지르고는
호된 발길질을 하니
평상 너머로 나동그라지는 젊은 사내
사람들이 휘둥그레진 눈으로 쳐다보는
사이
어느새 정체 드러낸 왜인
일본도 빗겨 들어
목을 겨냥하고 달려들 때
번개같이 몸을 피한 창수 청년
그자의 뱃구레를

발로 차서 쓰러뜨린 뒤
떨어뜨린 칼을 냉큼 집어
자칭 정가라 말한 그자를 찌르고 베었다

"나는 의병 대장이다!
국모를 해한 이 원수놈!
나라를 강탈한 이 강도놈!
의병의 칼날을 받아랏!"

순식간에 왜인이 쓰러지고
마당에 유혈이 낭자한 가운데
창수 청년
왜인의 피를 입술과 얼굴에 묻히며
"이 나라의 원수를 갚을 때까지
이 쓰디쓴 피 맛을 잊지 않을 것이다!"
초가집 지붕이 들썩일 만큼 큰소리로
사자후를 토하니
사시나무 떨듯 떨며 다가온 주막집 주인

"장군님! 죽을 죄를 지었습니다
저자는 일본군 장교인데
벌써 여러 차례
이곳 주막에서 유숙했습니다
목구멍이 포도청이라
왜놈인 줄 알면서도
숙식하러 올 때마다

160

더러운 돈을 마다하지 않았습니다"

주막집 주인이 내놓은
일본군의 짐을 열어 보니
그의 이름은 스치다 조스케(土田讓亮)
계급은 일본군 중위
팔백 냥의 엽전 꾸러미가 들어 있었다
창수 청년이 모여 선 사람들에게 말했다

"이 돈은 우리 조선에서 갈취한 것이니
끼니를 못 잇는 사람들에게 나눠주시오!
이 왜놈은 나라의 원수이니
시체를 바다에 던져
마땅히 고기밥이 되게 하시오"

말을 마친 창수 청년
주인에게 지필묵을 가져오게 하여
붓으로 한지에 큼지막한 글씨를 썼다

"나는
이 나라 국모를 시해한 원수를 갚기 위해
이 간악한 왜적을 처단하노라!"

맨 아래에
'해주 백운방 텃골 김창수'라 쓴 다음
주막 주인에게 당부했다

"이 글을 저잣거리에 붙여 뭇사람들이 보게 하시오
왜놈의 칼은 오늘의 거사를 기념하기 위해 가져가겠소"

피 묻은 두루마기 차림으로
성큼성큼 고갯길을 넘어간 창수 청년
주막에 머물던 사람들 모두
한동안 얼어붙어 입을 다물지 못했다
1896년 3월 9일
치하포 나루터 주막에서 벌어진 이 일
금세 바람결에 전국 방방곡곡으로 전해졌다
황해도 해주에서 태어나
훗날 상해임시정부의 주석으로
중원을 호령하며 광복군을 진두지휘한
백범 김구의 젊은 날
역사 속에 등장한
파란만장한 생애의 한 장면

이르쿠츠크 21형제^{兄弟}
유상돈의 노래

내 고향 평안북도 철산군 여한면 신포리
예닐곱 살 적 명절날
툇마루에 걸터앉아 부르는
어른들의 노랫소리

메나린가 개나린가
장미꽃에 벌나린가
이산저산 넘어가서
풀메나리 뜯어다가
살랑살랑 끓는물에
아주삼삼 데우테서
단장쓴장 치나새나
은제놋제 거나새나
나홀나홀 먹어보자*

뜻을 아는 둥 마는 둥
미나리 노래 흥겨운 가운데
오촌 육촌 형제들과 술래잡기 하느라

* 평안북도 철산군 지역에서 불리는 민요인 「미나리요謠」의 구절.

163

콧잔등에 땀방울 맺히는 줄 몰랐지

저녁나절이면 방 안에 마주 앉아
고종사촌 이종사촌 한데 어울려
다리빼기 놀이를 하곤 했지

한알똥 두알똥
삼재 영재 닝금 다래
호박 깨끼 두루미 째꿍*

하나씩 둘씩 세어 나가다가
째꿍에 들어맞는 다리를 하나씩 빼놓고
맨 나중에 남는 다리가 지는 놀이
지게 되면 벌칙으로
이마에서 별이 튀어나올 만큼
호된 딱밤을 맞곤 했지

세월이 번쩍 흘러 스무 살 무렵
저 멀리 고부에서 전주와 광주에서
척양척왜 깃발 펄럭일 때
풍문으로 전해지던 함성 소리 떠올리며
머나먼 남쪽 하늘 오래오래 바라보았네
내 속에서 무언가 꿈틀거리던 날들

* 아이들의 놀이에서 불리는 노래인 「다리 빼기요謠」의 구절.

그 무렵부터인가
잠결에도 꿈결에도 귓전에 들어박히는
게다짝 따그락거리는 소리
일본도 절그렁거리는 소리
이 땅을 어지럽히는 일본군 군홧발 소리

그 지긋지긋한 소리
야금야금 삼천리 집어삼키더니
러일전쟁 승리에 취한 나머지
큰소리치는 일본 제국
총칼 앞세워
기어코
조선의 외교권을 침탈하고야 말았구나

아, 청천하늘에 을사늑약이 웬말인가
피 끓는 서른두 살 뜨거운 가슴
남몰래 주먹 꽉 쥐었네

이대로 말 수는 없어
이대로 죽어지낼 수는 없어
용기 내어
젖 먹던 힘을 짜내어
뜻 맞는 동지들과 어깨를 걸고
의병이 되었네

조국을 짓밟는 원수들

간악한 일제의 무리들
그들과 싸우는 의병장이 되어
내 고향 철산군에서
동쪽으로 선천군에서
서쪽으로 용천군에서
북쪽으로 의주군에서
이리저리 밀고 밀리면서
일본군과 맞서
떨쳐 일어나 싸우다가

마침내 벽동군에서
일본인 관리를 처단하고는
그예 일경에 체포되었네

"감히 천황의 벼슬아치를 죽이다니
유상돈, 너는 더러운 조센징이다!"

서른여섯 살 젊은 청년을 향해 던지는
온갖 조롱 온갖 멸시
밤새 이어지는 몽둥이찜질 발길질
모진 고문에 매타작에 피 철철 흘리며
끙끙 앓으며 이를 부득부득 갈며 틈을 엿보다가
일인 간수 소피 보러 간 사이
한밤중 옥문을 깨뜨려 탈옥한 뒤
그 길로 밤을 새워 달리고 달려
러시아 대륙으로 들어갔다네

낯설고 물설은 동토의 노령露領
뼛속까지 얼어붙는 시베리아 매운바람에
머리칼 휘날리면서도 차라리 시원해져서
공연히 허공 향해 헛웃음을 뱉어내었네

"그래 이제부터는
간도 쓸개도 모조리 없어질 때까지
일본놈들을 몰아내고
조선을 되찾고야 말리라!"

마른기침을 쥐어짜듯
의분에 못 이겨
헛웃음을 웃고 또 웃었네

내 나이 서른여덟
어느덧 중년을 향해 가는 나이건만
내 속의 의병은 여전히 죽창을 들고
히노마루 갈기갈기 찢을 생각에
기상은 오히려 하늘을 찌를 듯하였네

이곳은 남의 땅
광복의 그날을 일구기 위해서라면
천리 길도 한 걸음부터
조심조심 그러나 끈덕지고 야무지게
싸우려면 위장도 해야지

여러 옹골진 기운이 모이고
노소가 어울려 의기투합하니
새로운 지향점이 생겨나
이곳 블라디보스토크에
구심점 하나 만들어졌네

겉으로는
상애相愛, 상신相信을 표어로 붙여
서로 사랑하고 서로 믿는 마음으로
동포들의 일자리 알선과 저축 장려
생활 기반까지 다지는
한인들의 친목 도모가 목적인 모임

속으로는
시베리아 한인사회를 아우르고 각계각층의
항일 독립운동가와 민족운동가를 효과적으로 엮어내고
조국 독립을 최고의 목표로 삼는
명실상부한 독립운동단체

권업회*의 창립총회 날
회장에 최재형, 부회장에 홍범도 등이 뽑혔네
다들 일세를 풍미할 영웅호걸이 틀림없었네
뼈를 가루로 만들고 몸을 부수는 심정으로

* 권업회: 1911년 5월, 러시아 블라디보스토크 신한촌新韓村에서 조직된 항일독립운
동단체. 이종호, 엄인섭 등이 앞장서서 모임을 꾸렸다.

나는 이 단체의 경찰부원으로 활동하며
한인들의 크고 작은 일에 발 벗고 나섰네

1915년
마흔두 살에 접어든 어느 날
이르쿠츠크에서 새로운 단체가 생겼네
항일결사 '21형제'
이 결사에 가담한 날
동지들과 마주 서서
서로의 눈동자를 보며
마음속으로 외쳤네

이제부터 생과 사를 오직 운명에 맡기리라!
적과의 전투에서 한 치의 물러섬도 없이
오직 광복의 그날을 앞당기기 위해 싸우리라!
조국의 하늘 우러러 맹세했네

눈 덮인 땅을 질주하며 적을 쫓고
칼바람 부는 계곡에 매복해 있다가
일제의 잔재를 쓸어내기 위해
기습 작전을 벌이는 독립군이 되어
동지들의 시체를 끌어안고 오열하다
어느 외진 깊은 골짜기에 묻어주고
일본군들의 시체를 타넘으며
빗발치는 총탄을 뚫고 전장을 누볐네

3년 후 10월의 어느 날
일본군의 출병에 대비해
나는 중국 목릉현 팔면둔
총을 든 우리 동지들 집결시켰네
150명에서 300여 명으로 불어난 늠름한 모습
비록 남루한 행색이지만
눈빛만은 형형한 자랑스런 독립군들
모두들 나의 지시를 따르고 있었네

나뭇잎 사이로 은신하면 고요의 바다
바위를 뛰어넘어 내달리며 포효하면
온 세상 쩌렁쩌렁 우레가 번쩍이는
무적의 군대
포위된 적들 혼비백산
매복에 걸려 우왕좌왕
동지들의 총부리에 불방망이에 혼쭐이 나서
허겁지겁 꽁무니를 빼는 격전의 현장
승리한 날에도 웃을 수가 없었네
피 흘리며 쓰러진 동지들의 부릅뜬 눈망울
차디차게 식어가는 손마디의 감촉
막사에 돌아와서도
서로의 어깨를 다독여줄 뿐
패배한 날에는 더더욱 쓰라린 심정뿐

한 해가 지난 뒤
마흔여섯 살의 나에게

반갑고도 느꺼운 소식이 들려왔네
기미년 삼월 일일
조국의 하늘을 활짝 열어젖히는
거대한 함성 소리 만세 소리
대한독립만세!
대한독립만세!
대한독립만만세!

그 소리 방방곡곡 울려 퍼져
내 사랑하는 조국의 온 고을마다 마을마다
소용돌이치며 거대한 해일 되어
나라 밖으로까지 번져 갔네
나와 우리 동지들 모두
태극기 꺼내 들어 흔들며
바람 찬 벌판에서 목놓아 외쳤네
대한독립만세!
대한독립만만세!

이즈음 3월부터
나는 더욱 바빠지기 시작했네
블라디보스토크에서 창단된
노인동맹단 이사에 뽑히고
이만*에서 활약 중인 독립운동가 최파샤

---

* 이만(Iman): 러시아 동부, 프리모르스키 지구 서부의 도시. 블라디보스토크 북북동
  쪽 340km, 이만강 하류 연안에 있으며, 옛 이름은 이만이고 현재의 지명은 달네레
  첸스크(Dal'nerechensk)이다.

그리고 그의 동지들과 만나
광복의 그날을 앞당기기 위해
논의하고 또 논의했네

1921년 음력 삼월
이만에서 민회장民會長으로 활동하다가
이듬해 삼월
마흔아홉 살의 나이로
조선독립단 결사대장*이 된 나는
독립투사 한경서와 굳은 악수 나누며
새로운 동지를 규합하기 위해
조선 반도에 선전원을 파견했네

1924년 9월
내 나이 쉰한 살 때
중국 목릉현에 본부를 둔
동양혁명대의단에 들어가
명예단장 이동휘의 휘하에서
집행부장의 임무를 부여받았네

벗들이여
나의 단 하나의 목표는
국권 회복
나의 단 하나의 꿈은

* 조선독립단 결사대장朝鮮獨立團 決死隊長.

조국 광복
나의 단 하나의 결의는
죽기를 각오한 독립투쟁
그것밖에는 없네
오직 독립투쟁의 한길에 나선 뒤
어느 해에 눈을 감았는지
어느 곳에 뼈를 묻었는지
아는 이 없어도
아는 이 하나 없어도
나는 지금 떳떳하다네
조국 독립의 길 위에서
투쟁하다 갔다는
그 말 한 마디만으로도 족하다네

벗들이여
이역만리 무주고혼이 된 동지들이여
나로 인해 고초를 겪은 나의 형제들이여
나의 살과 뼈를 이어받은 아들딸들이여
부디 슬퍼하지 말아라
어느 날 어느 하늘 아래에서
시원한 바람이 불어오거든
나의 숨결이라 여겨라
어느 외진 모퉁이를 돌아
불현듯 쏟아지는 햇볕이 이마를 간지럽히거든
조국이 주는 축복이라 여겨라
비 온 뒤 무지개를 만나거든

이르쿠츠크에서 싸우던 나와 동지들이
고이 간직하던 조국 광복의 꿈이 영글어
하늘에 찬란한 빛을 뿌렸다고 여겨라
내 사랑하는 조국의 겨레붙이들이여

대한의군 참모중장
안중근

1909년 10월 26일 이른 아침
하얼빈역 앞 다방
콧수염을 기른
한 청년이 커피를 마시고 있었다
모자를 쓴 양복 차림의 그는
가끔 시계를 들여다보았다
벌써 두 시간째
자세 하나 흐트러뜨리지 않고
깊은 눈매로
창문 밖을 조용히 응시하고 있었다

9시
기차가 도착했다 갑자기
바깥이 소란스러워졌다
팡파르가 울렸다 나란히
늘어선 병사들이 일제히
한 곳을 향해 거수경례를 했다
다방 문을 나선 청년
역 구내를 통과해
곧바로 정거장으로 나갔다

날랜 동작
인파 속에서 누군가를 찾고 있었다

예복 차림의 노인이 눈에 띄었다
노인이 맨 앞으로 나아갈 때마다
뒤따르는 수많은 사람들
허리를 굽히는 사람들
고개를 조아리는 사람들
노인이
러시아 군대의 열병식을 사열하고
여러 나라 영사단 쪽으로 다가갔다

한 무리의 사람들 틈에 끼어
조용히 지켜보는 청년
윗 호주머니에서 천천히 권총을 꺼냈다
노인이 몇몇 사람과 악수하고 돌아서서
러시아 군인들 쪽으로 걸어왔다
거리는 불과 열 걸음 남짓
바로 이때
병사들 뒤에서 한 발짝 내디딘
청년이 총구를 겨누었다

너 이등박문(伊藤博文),
대한제국을 멸망시킨 원수!
이천만 겨레의 뜨거운 이름으로
오늘 너를 처단한다!

오래 다짐해 온 응징의 언어
마음 깊이 누르고
곧바로 방아쇠를 당겼다

"탕! 탕! 탕!"

하얼빈역에 울려 퍼지는 총성
일본 제국의 상징이 쓰러졌다
조선 침략의 원흉 이토 히로부미
마침내
그가 고목처럼 쓰러졌다

"코레아 우라!"
"코레아 우라!"
"코레아 우라!"

청년의 사자후가
정거장에 울려 퍼졌다

역사를 바꾼 하얼빈 거사의 그날
러시아 병사들에 의해 끌려가면서도
당당하기만 한 청년
세계를 놀라게 한 그는
대한의군 참모중장 안중근이었다

그가 태어난 해는 1879년 9월 2일
그가 태를 묻은 곳은 황해도 해주
수천 석지기 향반 지주 집안
할아버지는 진해현감 안인수
해주 일대에서 미곡상을 크게 일으켜
수만금의 재산을 쌓아 거부가 되었다
아버지는 소과에 합격한 진사
그는
아버지 안태훈과 어머니 조씨 사이
3남 1녀 가운데 맏아들
배와 가슴에 난 일곱 개의 점
북두칠성의 기운을 받은 아이
본디 아명은 응칠應七이었다

네 살 때 천자문을 줄줄 읽어
신동 소리 들으면서도
성격이 급하고 장난질도 심해
다쳐서 들어오는 때가 많으니
이런저런 걱정에 잠 못 이루던 할아버지
어느 날 집안 식구들 앞에서
한지에 쓴 글씨 내놓으며 당부했다

"무거울 중, 뿌리 근,
안중근安重根,
너의 새로운 이름이다
이제부터는 부디 진중하여라"

중근은

예닐곱 살 때 부모님을 따라

황해도 신천군 두라면 청계동으로 이사한 뒤

아버지가 차린 서당에서 동네 아이들과

더불어《동몽선습》,《자치통감》을 읽고

커 가면서《사서四書》와《사기史記》등

한학과 조선 역사를 공부하며 정신을 깨우쳤고

몸과 뼈대가 굵어지는 동안

말타기, 활쏘기 등 무예를 익혀 나갔다

숙부와 포수꾼들에게서

화승총 쏘는 법을 익힌 뒤에는

명사수로 널리 이름을 날렸다

열아홉 살 때

천주교당에서 영세를 받아

프랑스인 빌렘 신부로부터 받은

세례명 토마스

죽는 날까지 가슴에 새긴

도마 안중근

영적인 이름으로 묵상하며

교리도 배우고 프랑스어도 배우며

박애주의를 실천하는

행동하는 믿음도 배우는

나날이 흐르다가

1904년 2월
기어이 터진 러일전쟁
시시각각 조여 오는
일본 제국주의의 마수

1905년 11월
을사늑약 체결되니
나라의 모든 권리를
군국주의 일본이 거머쥐고
조선인의 얼과 넋마저
조선인의 꿈과 희망마저
게다짝에 짓밟히니
조국의 운명은 백척간두
거센 바람 앞의 한 점 등불

"우리 국권을 빼앗은 이등박문!
언젠가
반드시
내 손으로 죽이리라!"

망국의 설움
망국의 들끓는 분노
속으로 삭이며
홀로 맹세했다

1907년

안중근은 두만강 건너 북간도로
북간도 지나 러시아 연해주로 갔다
빼앗긴 조국 되찾기 위해
망명길에 올랐다
의병부대를 조직해
적은 숫자의 부대로나마
일제와 싸우고 싸우고 또 싸우면서
독립전쟁을 벌이기 위해
둥지를 박차고 떠났다

1908년 초
《해조신문》*에 칼럼을 실어
몸보다 글을 먼저 보낸 안중근

"이제 고국산천을 바라보니 동포들이 원통하게 죽고
죄 없는 조상의 백골마저 깨뜨리는 소리를
차마 듣지 못하겠다 깨어라 연해주에 계신 동포들아!"**

국권 회복을 위해서는
동포들의 단합된 힘이 필요하니
떨쳐 일어나야 한다는
안중근의 글을 읽고

---

* 해조신문海朝新聞은 1908년 러시아 블라디보스토크에서 창간된 신문이다. 함경도 출신 최봉준(1859~1917)이 러시아 한인들의 구국운동을 돕기 위해 만든 항일민족 신문이다.

** 안중근 의사가 1908년 3월 21일자 《해조신문》에 게재한 「인심 결합론」이라는 제목 의 칼럼 중 일부이다.

많은 이들이 모여들었다

봄이 되자
자신도 연추*에 도착해
망명 생활을 시작하며
의병 모집에 나섰다
연해주 독립운동의 서막이 펼쳐졌다

4월 어느 날
최재형의 집에 안중근을 비롯해
간도 관리사 이범윤, 이위종, 우영장 등이 모여
조국을 구하기 위한 의병부대
동의회를 조직했다
총장에 최재형이 추대되었고
부총장에 이범윤
회장에 이위종
우영장에 안중근이 뽑혔다

3백여 명의 의병들이 모여들자
군대 편제를 새롭게 했다
김두성을 총독으로 이범윤을 대장으로 추대했고
안중근을 대한의군 참모중장으로 임명했다
안중근은 의병부대를 이끌고

* 연해주 최남단에 위치한 러시아 하산스키군郡 크라스키노의 한인 마을. 한인들에
  의해 연추煙秋라 불리는 이곳은 크라스키노로 바뀌기 전까지 러시아에서 안치혜라
  고 불렀다. 고구려와 발해의 옛 땅이다.

연추 일대에서 군사훈련을 지도하며
조선 진공작전 준비에 들어갔다

6월에 작전이 시작되었다
안중근의 의병부대가
함경북도 경흥군의 한 촌락에 주둔한
일본군 수비대를 격파했다
7월에는
홍범도 장군의 의병부대와 합동으로
함경북도 경흥 및 신아산 일대에
주둔하고 있던 일본군 수비대를 기습
적들의 사기를 꺾었다
이때 10여 명의 일본군과
일본 상인들을 사로잡은 뒤
안중근 참모중장이
부하들 앞에서 중대 발표를 했다

"사로잡힌 적병이라도 죽이는 법이 없으며,
또 어떤 곳에서 사로잡혔다 해도
뒷날 돌려보내게 되어 있다
나는 이 같은 만국공법에 따라
석방 조치를 취한다"

그 일은 화를 불러일으켰으니
풀려난 일본군 포로들이
상관에게 의병부대의 위치를 알린 까닭이다

일본군이 돌연 들이닥쳤고
기습 공격을 받은
안중근 의병부대는 궤멸되었다

간신히 살아남은 부대원들
몇 명만 데리고 본대로 돌아오니
싸늘한 눈초리뿐
군자금도 모조리 끊기고
의병 지원자도 발길을 돌리니
조국을 구하려다가
생때같은 부하들 목숨을 잃게 한
자책감으로 심히 비통히 여기며
안중근은 연추 본대를 떠나 블라디보스토크로
수찬으로, 하바롭스크로 두루 다니며
의병을 모집하려 애를 썼지만
쉽지 않았다

그즈음
일본 통감부에 의해 폐간된
《해조신문》을 최재형*이 인수해
《대동공보》를 창간했다
안중근은 최재형이 만들어준 기자증을 발급받고
통신원 기자로서 글을 썼다
지국 판매담당 일꾼으로 신문 보급도 하며

* 함경북도 경원 출신 최재형(崔在衡, 1860~1920)은 러시아 이주 후 사업으로 성공
한 거부이자 한인 사회의 지도자로서 독립운동에 앞장선 인물이다.

일본 제국주의를 상대로 한
항일 언론인으로서 필봉을 휘둘렀다

1909년 2월
연추의 작은 마을 가리可里에서
안중근은
김기룡, 강기순, 정원주, 박봉석, 유치홍, 조순응,
황병길, 백남규, 김백춘, 김천화, 강계찬* 등
동지 열한 명을 규합해
의병들을 다시 불러 모을 것을 다짐하는
동의단지회를 조직했다
최재형의 집에 모인 이날
열두 명 모두
왼쪽 약지 손가락 한 마디씩 잘라
나라를 구하기 위해 온몸 바칠 것을 맹세했다
단지동맹을 맺은 안중근은 태극기 위에
'대한독립'
네 글자 혈서를 썼다

최재형은 곧
단지동맹원 열두 명에게
잠잘 곳과 권총을 내주었다

* 안중근은 이토 히로부미를 죽인 후 열린 제6회 공판에서 단지동맹에 참여한 사람이
  자신을 포함하여 김기룡, 강기순, 정원주, 박봉석, 유치홍, 조순응, 황병길, 백남규,
  김백춘, 김천화, 강계찬 12명이라고 밝혔다. 그런데 다른 자료들에는 엄인섭, 백원
  보, 한종호도 단지동맹원이었다고 나온다(단지동맹斷指同盟, 한국민족문화대백과,
  한국학중앙연구원).

"저 왜놈들을 표적 삼아
사격 연습을 하시오"

최재형이 가리킨, 꽤 넓은 마당 벽에는
이토 히로부미를 비롯한
일본 고위 관리 세 명의 얼굴이 붙어 있었다

명사수 안중근은
사격 연습 때마다
이토와 일본 관리들의 얼굴에
가슴 한복판에
벌집을 만들었다

그해 9월
《대동공보》에 한 기사가 실렸다
"이토 히로부미, 곧 만주에 올 예정"
러시아의 대장대신 코코프체프와
회견할 목적으로 이토가 만주에 온다는 소식
지금이야말로 조국의 원수를 갚을 때
하늘이 내어준 절호의 기회
안중근은 굳게 다짐하며
함께 거사를 일으킬 동지들을 모집했다

맨 먼저 만난 사람은 독립운동가 우덕순
블라디보스토크에서 담배 행상을 하다가

《대동공보》회계원으로 일했으며
안중근과 더불어 경흥, 회령 등지에서
일본군을 상대로 싸우던 독립군 전우였다
두 번째 만난 사람은 유동하
아버지 유경집을 도와 약상藥商 일을 하던
열아홉 살 청년이었다 유경집은
러시아어를 잘하는 아들을 수행원으로
안중근에게 붙여주었다

대동공보사에 모인
안중근, 우덕순, 조도선, 통역 유동하
네 사람은 이강의 후원을 받는 가운데
거사를 위한 실행 계획을 짰다
만일을 위해
우덕순과 조도선은 채가구역에서
안중근은 하얼빈역에서
이토 히로부미를 사살하기로 했다

1909년 10월 22일
안중근은 우덕순, 유동하와 함께
블라디보스토크를 출발해
오후 9시경 하얼빈에 도착했다
이날 저녁 세 사람은
러시아에 귀화한 건축업자
김성백의 집에 머물렀다

23일 아침
세 사람은 이발소에 가서
일본인처럼 머리를 짧게 깎았다
하얼빈공원에 간 세 사람은
거사 계획을 다시금 갈무리한 뒤
중국인 사진관에 들러 사진을 찍었다
어쩌면 영정 사진이 될 기념사진
지상에 남길 마지막 사진

그날 저녁
안중근은
김성백의 방에서 써 내려간
시 한 수를 우덕순에게 건네주었다

"장부가 세상에 있음이여 그 뜻이 크도다
때가 영웅을 지음이여 영웅이 때를 지으리로다
천하를 응시함이여 어느 날에 업을 이룰꼬
동풍이 점점 차가워짐이여 장사의 의기가 뜨겁도다
분개히 한번 나아감이여 반드시 목적을 이루리로다
쥐 도적 이등(伊藤)이여 어찌 즐겨 목숨을 비길꼬
어찌 이에 이를 줄 헤아렸으리 일의 형세가 본디 그러하도다
동포 동포여 속히 대업을 이룰지어다
만세 만세여 대한 독립이로다
만세 만세여 대한 동포로다"*

---

* 안중근이 지은 시 「장부가丈夫歌」 전문. 글의 말미에 안응칠 작가作歌라고 썼다.

우덕순 또한
시 한 수를 내밀었다

"만났도다 만났도다 원수 너를 만났도다
너를 한번 만나고자 일평생에 원했지만
어찌 이리도 만나는 것이 늦었던가
너를 한번 만나려고 물로 땅으로 몇 만 리
천신만고 거듭하여 윤선 혹은 화차를 갈아타고
러시아 청나라 지날 때에
행장 검사할 때마다
하늘 우러러 기도하길
살피소서 살피소서 하느님이여 살피소서
동쪽 반도 대한제국을 보살피소서
바라건대 내 뜻을 도와주소서(……)
너 같은 무리 사천만은 이제부터 한 사람이 두 사람씩
우리들 손으로 죽이리라
오호 우리 동포들아 일심단결로 왜구 모두 멸하여
우리 국권 회복하고 부국강민 도모하면
세계 안에 뉘 있어서 우리 자유 압박하고
하등下等으로 냉대할 수 있으랴(……)"*

서로의 시를 읽는 내내
두 사람의 마음에 격정이 일었다

* 우덕순이 지은 시 「거의가擧義歌」의 일부.

25일 밤
채가구역장 오그네프 중위가
세 사람의 출현을 매우 수상히 여겨
우덕순과 조도선에 대해 감시병을 붙였다
출입을 통제하더니 기어이
이튿날 아침에 둘을 붙잡아 갔다

전날 하얼빈역으로 되돌아간 안중근
두 사람에게 일어난 일을 까맣게 모른 채
26일 일찍 일어나 행장을 갖춘 뒤
오전 일곱 시부터 하얼빈역 앞 다방에 앉아
기차가 오기만을 기다렸다
아침 9시 특별 기차가 왔고
군악대의 환영 연주와 함께
역사 주변이 소란스러웠다

안중근은 신속하게 다방 문을 빠져나와
하얼빈역 정거장으로 빨려 들어갔다
도열한 러시아 병사들 뒤에서 예의 주시하니
맨 앞에서 누런 얼굴에 흰 수염을 가진,
일개 조그마한 늙은이가 염치도 없이
감히 하늘과 땅 사이를 횡행하듯 걸어오고 있었다*

* 안중근 의사 자서전에 있는 구절을 인용하였다.

"늙은 도적!"

안중근은 연추에서 사격 연습을 했던 것처럼
대동공보사 사무실에서 맹세했던 것처럼
침착하고 담대하게 적의 괴수를 포살砲殺했다
수년간 벼르고 별러 왔던 오늘의 거사
단 한 치의 오차도 없이
이토 히로부미의 가슴에 명중한 총알
원수가 쓰러지자마자
"코레아 우라!"를 세 번 외치고
러시아 헌병에 붙잡힌 안중근
비로소 한 줄기 후련함이 등 뒤를 훑어 내렸다

여순감옥에 수감된 안중근은
두 번째 공판날인 1910년 2월 8일
준엄한 어조로 진술했다

"내가 이등(伊藤)을 죽인 것은
한 개인을 위한 것이 아니라
동양평화를 위한 것이었다
이등을 하얼빈에서 살해한 것은
한국 독립전쟁의
의병 참모중장의 자격으로 한 일이다
그러므로 나는 적에게 잡힌 포로이다"

1910년 2월 14일

일본인 미나베 재판장이 판결문을 읽었다
안중근 사형!
우덕순 징역 3년!

이 소식을 들은 어머니 조 마리아 여사
두 아들 정근과 공근을 시켜
옥중의 장남에게 명주천으로 짠 수의를 건네며
마지막 당부를 전하게 했다

"네가 항소를 한다면 그것은
일제에게 목숨을 구걸하는 짓이다
네가 나라를 위해 이에 이른즉
다른 마음 먹지 말고 죽으라
옳은 일을 하고 받는 형刑이니,
비겁하게 삶을 구하지 말고
대의에 죽는 것이 어미에 대한 효도다"

안중근은 두 아우에게 유언했다
"내가 죽거든 시체는
우리나라가 독립하기 전에는
반장返葬하지 말라
대한독립의 소리가 천국에 들려오면
나는 마땅히 춤을 추며 만세를 부를 것이다"

옥중에서 수많은
유묵遺墨을 남기던 안중근은

『동양평화론』 집필을 채 마치지 못하고
1910년 3월 26일 오전 10시
여순감옥 사형장에서 교살絞殺당했다
교수형이 아닌
손으로 직접 목을 졸라 죽이는 형벌
전쟁터에서 적의 수괴를 죽이고
자신도 적의 손에 죽임을 당한 전사戰死,
영웅다운 의연한 죽음,
순국殉國의 아침이었다

일제는
안중근의 무덤이
대한 의병의 성지가 될 것이 두려워
여순감옥 뒤쪽에 서둘러 묻은 뒤
끝내 유해를 돌려주지 않았다
그로부터 112년이 지난 오늘날
여순감옥의 어느 방에 유묵이 걸리니
'위국헌신군인본분爲國獻身軍人本分'
대한의군 참모중장 안중근의 의기가
발해만灣 지나 황해 너머
서릿발처럼 뻗쳐 온다

민족해방을 위한 밀알의 노래
- 박선욱 서사시집 속에 나타난 역사의식과 민족정서

김윤환

시인, 문학평론가, 백석대학교 대학원 기독교문학 전공교수

"내가 진실로 진실로 너희에게 이르노니 한 알의 밀알이 땅에 떨어져 죽지 아니하면 한 알 그대로 있고 죽으면 많은 열매를 맺느니라."— 성경, 요한복음 12장 24절

1.

민족의 역사를 외면하는 문학 행위는 그 자체로 모국어를 사용하는 독자에 대한 존중을 외면하는 것이고, 문학이 존재해야 할 근본 가치를 흔드는 것이다. 이 땅의 시인과 작가라면 민족공동체의 역사적 자정 기능을 회복하고 인류의 보편적 가치를 추구하는 작품 활동을 펼치는 것은 겨레의 일원이자 지식인으로서 마땅한 도리라고 할 수 있다. 그러한 관점에서 박선욱 시인의 이번 서사시집은 역사와 민족문제에 대

한 문학의 책무를 다시금 생각하게 해주는 도전이기도 하다.

박선욱 시인은 1982년 등단하여 첫 시집『그때 이후』를 발간한 이래 최근까지『눈물의 깊이』를 비롯한 여러 권의 시집을 상재한 중견시인이자 역사적 인물을 문학적으로 표현하는 작가로 잘 알려져 있다.

많은 독자가 사랑한 베스트셀러로서 민족음악인을 조명한『윤이상 평전: 거장의 귀환』을 비롯해, 의식 있는 문인들의 스테디셀러인 진보적 문학평론가를 다룬『채광석 평전』을 펴낸 바 있다. 그 외에도 아동 청소년을 위한 인물 이야기에 작가 박선욱의 역사의식과 민족정신, 진보적 가치를 잘 담아 표현해 왔다.

특히 미래 세대들을 위해 한국적 정서를 가장 잘 노래한 시인을 그려낸『백석』, 조선시대 신분 차별을 극복하고『무예도보통지』를 완성했던 협객『백동수』, 조선시대 최고의 독서왕『김득신』을 펴냈는가 하면, 조선의 천문학자인『조선의 별빛: 젊은 날의 홍대용』을 비롯, 국악인이자 가야금 명인인 황병기 선생을 기리는 작품『황병기』도 발표했다. 뿐만 아니라 동화와 동시, 편저서, 교육동시 등을 꾸준히 발간하여 문학의 사회적 책임과 교육적 효용성을 위해 노력을 경주해 온 시인이자 소설가이며 아동문학가다.

시인은 우리 민족의 역사 속에 나타난 진보적 가치를 잘 구현하기 위한 노력을 시종여일 그치지 않았다. 이번 독립지사 기림 서사시집을 보면 그 사실이 잘 드러난다.

스페인의 시인 가르시아 로르카는 "시인은 그의 민족과 울고 웃지 않으면 안 된다"고 말한 바 있다. 문학의 양상이나 형태는 다양할 수 있겠지만, 문학인도 한 인간으로서의 존엄성과 한 민족의 씨알로서 가야 할 길은 동일한 가치를 지닐 수밖에 없다.

문학평론가이자 민족문제연구소장인 임헌영 교수는 "왜 아직도 민족문학이냐며 세계화시대의 국제적 세련미를 황금으로 도색한 신사들이 민족문학을 마치 산촌 서당의 상투 튼 선비 쳐다보듯 한다. 그러나 100여 년에 걸쳐 한반도를 비롯한 약소민족들이 피 흘리며 전개했던 민족해방투쟁 주체 세력과, 제국주의의 식민지 노예로 굴종했던 민족반역자들이 전개해 왔던 두 이데올로기의 대립은 오늘에도 여전히 싸늘한 적대감으로 존속되고 있다. 그래서 제국주의적인 침략 정책의 속임수인 근대화론의 관점으로만 보노라면 국민국가의 주체성을 확립하려는 민족문학이란 한낱 시대착오적인 청산 대상으로 폄하되어 이제는 그 술어조차도 구시대의 골동품도 못 되는 폐기품쯤으로 간주하기도 한다."고 개탄했다. 이에 빈사상태의 민족문학을 부활시켜야 할 이유로 오늘의 민족문학은 한반도의 민주통일과 평화정착과 다르지 않으며, 그 최대의 장애 요소인 외세열강의 실체를 밝혀내고, 민족의 정체성과 그 정신을 고양하는 작업으로 이해되어야 할 것이다. 그러한 관점에서 보면 이번 서사시집은 시사하는 바가 매우 크다고 하겠다.

2.

박선욱 시인의 이번 시집에는 우리가 잘 아는 독립지사인 백범 김구 선생(金九, 1876~1949)을 비롯, 일제 침략의 상징 이토 히로부미를 처단함으로 민족의 기상을 만방에 떨친 도마

안중근(安重根, 1879-1910) 의사와, 한인애국단원 홍커우공원
(虹口公園) 의거 매헌梅軒 윤봉길(尹奉吉, 1908~1932) 의사 등의
역사적 발자취를 시로 표현하고 있으며, 가려져 있던 독립지
사와 여성 독립운동가에 대한 사료 발굴을 통해 그들의 독립
투쟁을 마치 판소리처럼 서사적으로 그려내고 있다.

　몇 편의 작품을 통해 시인의 독립지사에 대한 경의와 교훈
을 시로 노래한 몇 부분을 살펴보고자 한다.

　　　(… 전략 …)
　　　역사의 질곡을 뚫고
　　　앞으로 나아가려는 분침과 초침
　　　한 사람의 목숨이 걸린
　　　막중한 무게
　　　김구의 가슴속에서
　　　평생 떠날 줄 모르는
　　　진자운동의 근원
　　　홍구공원 거사 전
　　　두 사나이가 주고받은
　　　오전 11시의 시계
　　　— 시「윤봉길의 회중시계」부분

　1932년 4월 홍커우공원 의거 당일의 시간으로 우리를 초
대하는 장면에서 윤봉길의 회중시계를 통해 인간의 시간, 역
사의 시간을 돌이키게 하며 백범과 매헌 이 두 지사志士의 결
연하고도 처연한 눈물의 현장을 목격하도록 안내하고 있다.

　안중근 의사의 1909년 10월 26일의 항일 투쟁의 정점을

이루는 이토 히로부미(伊藤博文) 처단의 장면을 담은 서사시에서도 시인은 마치 그날의 현장을 다큐영상 취재하듯이 대한의군 참모총장 안중근의 내면과 결의를 아주 섬세히 표현하고 있다.

　　"늙은 도적!"

　　안중근은 연추에서 사격 연습을 했던 것처럼
　　대동공보사 사무실에서 맹세했던 것처럼
　　침착하고 담대하게 적의 괴수를 포살砲殺했다
　　수년간 벼르고 별러 왔던 오늘의 거사
　　단 한 치의 오차도 없이
　　이토 히로부미의 가슴에 명중한 총알
　　원수가 쓰러지자마자
　　"코레아 우라!"를 세 번 외치고
　　러시아 헌병에 붙잡힌 안중근
　　비로소 한 줄기 후련함이 등 뒤를 훑어 내렸다
　　— 시「대한의군 참모중장 안중근」부분

　시인의 눈은 역사적 현장을 응시하고 시인의 펜은 지사의 심정을 내밀하게 표현함으로서 독자와 지사의 깊은 교감을 주선하고 있는 것이다. 이토 히로부미를 "쥐 도적", "늙은 도적"으로 표현하며 '원수가 쓰러지자마자/ "코레아 우라!"를 세 번 외치고/ 러시아 헌병에 붙잡힌 안중근/ 비로소 한 줄기 후련함이 등 뒤를 훑어 내렸다'라는 표현은 안중근 의사의 기개와 조국 독립의 소망을 한층 더 깊게 이해하도록 표현함으로써 민족 서사시의 행방을 잘 보여주고 있다.

3.

시인은 일반 독자에게는 잘 알려지지 않은 독립운동가와 사상가를 집중하여 다루고 있는데 대부분 일제 저항과 민족 혁명의 기치를 내건 투사들이다.

이번 시집에 소개된 연작 서사시 「빗자루를 타고 날아다닌 항일운동가 이관술」은 '골령골의 학살' 장면으로 이관술 선생이 겪은 역사적 비극과 죽음의 의미를 제시하고 선생의 생애와 사상을 더듬어 보며 '물장수로 불린 선생님', '조작된 사건의 희생양' 등 11편의 서사시로 선생의 생애를 구체적으로 표현하고 있다. 이관술 선생(李觀述, 1900~1950)은 일제 강점기에 사회주의 계열 단체에서 활동한 독립투사로서 마치 일제에게 홍길동 같은 존재였다. 그는 노동운동가이자 독립투사였고 해방 직후에는 조선공산당과 남조선로동당의 간부였다. 박헌영의 최측근으로 남로당 핵심 인사이기도 했지만 한국전쟁 중 매우 안타까운 죽음을 맞게 되는 현장을 시인은 이렇게 표현하고 있다.

> 1950년 7월 3일
> 한국전쟁이 발발한 지 여드레 만에
> 충남 대덕군 산내면 낭월리 골령골에서
> 총살당한 사람이 있었다
> 미군정에 의해 위조지폐범으로 조작돼
> 대전형무소에서 옥살이를 하다가
> 억울한 누명 벗기지도 못한 채

하늘의 별이 된

학암鶴巖 이관술李觀述

그는 학생들을 가르치는 교사였고

일본 경찰이 혀를 내두를 만큼 신출귀몰한

이 땅의 독립운동가였다

무기징역형을 받았으면서도

모범수로 수형 생활을 하며

애국지사로서의 의연함 잃지 않던 그는

어느 날 갑자기

산으로 끌려가 죽음의 골짜기에 세워졌다

총살 직전 결연히

"조선민족 만세!"를 외치려다

두 음절을 내뱉는 순간

헌병대가 쏜 흉탄에 쓰러졌다

그는 왜 죽었는가

그는 왜 누명을 쓰고 옥에 갇혔는가

그의 죽음에 드리워진 흑막은

여전히 벗겨지지 않아

산천초목이

하늘이

땅이

숨을 죽이는데

수십 년이 흐른 지금

그의 이름을 나직이 불러본다

항일운동가 이관술
독립운동가 이관술
대한의 애국자 이관술
— 연작시 「빗자루를 타고 날아다닌 항일운동가 이관술1- 골
령골의 학살」 전부

　　또한 이념적 잣대로 아직도 제대로 평가받지 못하고
충분히 기념되지 못한 독립지사 중 한 분인 장진홍 의사
(1895~1930)는 1927년 일제 수탈의 도구였던 '조선은행 대구
지점 폭탄사건'의 주인공이다. 시인은 장진홍 의사를 연작시
11편에 잘 표현하였는데 그 중 제1편은 선생의 생애를 상징
적으로 보여주고 있다.

1927년 10월 18일 오전 11시 50분쯤
대구시 한복판에서
지축을 뒤흔드는 폭발음이 터졌다
이날
조선은행 대구지점, 도청, 식산은행, 경찰부에서
몇 분 간격으로 터진 폭발의 위력은 실로 대단했다
은행의 창문이란 창문은 모조리 산산조각 났고
깨진 유리 조각이 대구역 광장까지 날아갔다
은행 주변 도로 가에 세워진 전깃줄은 헌 새끼줄처럼 끊어졌다
건물 안에 있던 은행원과 경찰관 등 다섯 명이 부상을 입어
일본 경찰들의 간담이 서늘해졌다

이보다 이틀 앞선 10월 16일

경상북도 칠곡군 인동면의 어느 집 헛간에서는
한 젊은이가 있어
헌 노구솥과 가래 따위를 망치로 마구 쳐서
여러 조각으로 깨뜨린 다음
그것을 다시 잘게 부수고 있었다
그는 낡은 천에 파편을 그러모은 뒤
뇌관을 심고 도화선을 길게 만들어
다이너마이트와 함께 정성껏 삼끈으로 묶고는
신문지로 둘둘 말아 벌꿀상자 안에 넣었다

"됐다!
거사용 대탄大彈 네 개면
일본 놈들이 놀라 자빠지겠지!"

비장한 표정으로 하늘을 한번 쳐다보던 그는
일경에 발각되면 즉시 자결할 요량으로
자살용 소탄小彈 한 개를 조심스레 가방에 넣었다

폭탄을 제조한 사나이는 서른세 살의 청년 장진홍
1895년 경상북도 칠곡군 인동면 옥계동 문림마을에서 태어나
1914년 조선 왕실의 근위부대인 조선보병대에 입대했던
망국의 마지막 군인이었다
　—「옥중에서 순국한 장진홍 의사1 - 대구 한복판에서 터진
폭발음」 전부

장진홍 선생은 1920년대 후반 일제의 문화통치로 독립운

동 기세가 약화되던 시대 상황 속에서도 대담한 항일투쟁운동을 전개한 인물이다. 대구경북 지역의 대표적인 독립투사지만 대구 한복판서 일어난 역사적 거사였음에도 불구하고 현재 대구시에 선생을 기리는 어떠한 표지석이나 흉상 하나 없다는 것은 참으로 안타까운 일이다. 몇 해 전 장진홍 의사의 손자 상규 옹이 장 의사의 옥중편지를 공개한 적이 있는데 "폭풍우에 집은 안 날아갔는지 / 농사에 손해나 많지 않았는지", "나의 장례는 간단하게 치르길" 등 죽음 앞에서도 그의 가장家長으로서 따사로운 심성을 나타내는 글귀가 표현돼 있어 감동을 자아내기도 했다. 다행히 박선욱 시인의 이번 독립투사 대서사시에 다시 선생을 기리게 함으로써 역사적 문학적 의의를 더하게 되었다.

이어서 러시아 연해주 디아스포라 독립운동가인 유상돈(劉尙燉, 1874~?) 선생을 기린 시 「이르쿠츠크 21형제兄弟 유상돈의 노래」도 박선욱 시인의 역사적 인물에 대한 남다른 시선을 보여주는 작품이다. 유상돈 선생은 1908년경 평북 철산군에서 의병을 일으키고 독립 군자금을 거두는 등 군자금 모금 활동을 전개했다. 의주형무소에 수감되었다가 탈옥 후 러시아로 이주하여 블라디보스토크에서 권업회勸業會, 노인동맹단老人同盟團 등에서 홍범도 등과 활동하였다. 박선욱 시인은 유상돈 선생의 활동 중 특히 1915년경, 유상돈 선생이 러시아 이르쿠츠크로 이동하여 국권 회복을 목적으로 결성된 '21형제'라는 모임에 참가한 것을 모티프로 서사시를 창작한 것으로 보인다. 시인은 유상돈 선생의 심정이 되어 선생의 결기를 이렇게 표현하고 있다.

(… 전략 …)
이제부터 생과 사를 오직 운명에 맡기리라!
적과의 전투에서 한 치의 물러섬도 없이
오직 광복의 그날을 앞당기기 위해 싸우리라!
조국의 하늘 우러러 맹세했네

눈 덮인 땅을 질주하며 적을 쫓고
칼바람 부는 계곡에 매복해 있다가
일제의 잔재를 쓸어내기 위해
기습 작전을 벌이는 독립군이 되어
동지들의 시체를 끌어안고 오열하다
어느 외진 깊은 골짜기에 묻어주고
일본군들의 시체를 타넘으며
빗발치는 총탄을 뚫고 전장을 누볐네
(… 중략 …)

벗들이여
이역만리 무주고혼이 된 동지들이여
나로 인해 고초를 겪은 나의 형제들이여
나의 살과 뼈를 이어받은 아들딸들이여
부디 슬퍼하지 말아라
어느 날 어느 하늘 아래에서
시원한 바람이 불어오거든
나의 숨결이라 여겨라
어느 외진 모퉁이를 돌아
불현듯 쏟아지는 햇볕이 이마를 간지럽히거든

조국이 주는 축복이라 여겨라

비 온 뒤 무지개를 만나거든

이르쿠츠크에서 싸우던 나와 동지들이

고이 간직하던 조국 광복의 꿈이 영글어

하늘에 찬란한 빛을 뿌렸다고 여겨라

내 사랑하는 조국의 겨레붙이들이여

— 시「이르쿠츠크 21형제 유상돈의 노래」부분

언제 어디서 서거逝去했는지 알 수 없는 선생의 임종을 보여주듯이 지사의 삶과 민족사랑, 겨레사랑을 시인의 노래로 다시 들려주고 있는 것이다.

4.

필자는 박선욱 시인의 이번 서사시집에서 가장 큰 성과는 여성 독립운동가에 대한 심층 탐구와 그에 대한 시적 응답이라고 평가한다. 우리가 너무나 잘 알고 있는 유관순 열사에 대한 시詩도 있지만 북녘의 유관순이라 할 수 있는 독립만세소녀 동풍신에 대한 구체적 표현과 조선 궁녀에서 기예인으로, 다시 간호인으로, 단재 신채호 선생의 부인으로 살면서 조선독립에 앞장선 여성 독립운동가 박자혜 선생과 안동 3·1만세운동 핵심 참여자였던 김락 선생과 가열찬 여성 독립투쟁가였던 남자현 열사, 백범 김구 주석의 비서 김의한의 부인이자 독립군자금 운반 등의 역할을 담당했던 정정화 여사, 대한민국 임시정부와 조선의용군에서 활동한 여성 독립운동가 이화림 열사를 비롯, 광주항일학생운동의 확산과 남경조선부인회南京朝鮮婦人會에서 부녀자들의 민족의식 고취와

대동단결을 주도했던 박차정 열사 등 가려진 여성 독립지사
의 생애와 민족애를 노래로 표현하고 있다.

　먼저 시인은 조선의 잔다르크를 꿈꾼 유관순(柳寬順, 1902-
1920)을 이렇게 노래하고 있다.

　　　(… 전략 …)
　　　대한독립만세를 외치던 유관순은
　　　1920년 9월 28일 오전 8시경
　　　캄캄한 서대문감옥에서
　　　영양실조로 퉁퉁 부은 몸으로
　　　장독杖毒이 온몸에 퍼져
　　　광명의 그날을 끝내 맞이하지 못하고
　　　열아홉 살 꽃다운 나이로 눈을 감았다

　　　"내 손톱이 빠져나가고
　　　내 귀와 코가 잘리고
　　　내 손과 다리가 부러져도
　　　그 고통은 이길 수 있사오나
　　　나라를 잃어버린 그 고통만은
　　　견딜 수가 없습니다.
　　　나라에 바칠 목숨이
　　　오직 하나밖에 없다는 것이
　　　이 소녀의 유일한 슬픔입니다"

　　　현저동 그 캄캄한 옥방에서

마지막 순국의 순간에도
어김없이 터져 나온
조국에 대한 사랑의 독백
아우내장터의 의병에서
대한의 잔다르크로 산화한
유관순의 유언이
푸른 하늘에 별빛으로 떠서
어제도 오늘도 내일도
조국의 어둔 길을 비추고 있다
― 시 「아우내장터의 유관순」 중 부분

　유관순 열사와 함께 3·1만세운동으로 서대문형무소에서
순국한 북녘 땅의 독립만세 소녀인 동풍신(董豊信, 1904~1921)
열사를 기린 시 속에서 그녀의 외침을 다시 한번 들을 수 있다.

(… 전략 …)
이날 일본 경찰에 끌려간 동풍신
함흥형무소에 갇힌 상황에서 재판을 받았다
법정에서 판사가 물었다
"왜 만세를 불렀는가?"

"아버지가 만세를 부르다가
헌병이 쏜 총탄을 맞고 돌아가셨다
나는 아버지를 대신해서 만세를 불렀다"
동풍신은 만세 부른 이유를 당당히 말했다

거듭되는 고문을 받으면서도
결코 굴복하지 않고
일본인 판사 일본인 검사 앞에서도
떳떳하게 독립만세의 의지를 드러내 보였다

가증스런 일본 경찰은
서대문형무소로 이감된
동풍신을 회유하기 위해 간교한 술책을 부렸다
같은 고향 출신의 술집 여자를
동풍신과 같은 감방에 몰래 들여보냈다
어느 날 술집 여자가 동풍신에게 말했다
"네 어머니는 네가 감옥에 들어간 뒤
밤낮 네 이름만 부르다가 돌아가셨구나"

그 말을 들은 동풍신
옥창을 보며 몇 번이나 까무러치더니
물고문에 구타에 만신창이가 된 몸으로
밥 먹는 것조차 잊고 머리 쥐어뜯으며 슬피 울다가
1921년, 현저동 차가운 옥방에서
채 피어나지도 못한 열여덟 곱디고운 나이로
대한독립만세 소리에 휩싸여 눈을 감았다

함경북도 명천 출신 동풍신 열사여!
무악재, 바람 찬 거리에 서면 지금도 들려오는
시들지 않는, 그 처절한 만세 소리여!
— 시「함경북도 명천 독립만세운동의 주역 동풍신」부분

5.

 시인은 여성 독립운동가들의 삶과 정신을 노래하면서 특별히 투쟁의 현장에 가장 가까이 나아갔던 투사들을 집중 조명하여 노래하고 있다.

 먼저 단재 신채호 선생의 부인이자 독립지사였던 박자혜 여사(朴慈惠, 1895~1943)의 독립투쟁과 남편을 잃은 후 고통스러운 상황을 시인은 이렇게 표현하고 있다. 먼저 박 여사의 독립운동 묘사 부분을 살펴보자.

> 1926년 12월 28일
> 황해도 사람 의열단 나석주
> 경성에 와서 동양척식회사와 조선식산은행에
> 폭탄을 던지는 거사를 실행에 옮겼다
> 바로 이때
> 비밀리에 나석주를 만나
> 거사를 도와준 박자혜
>
> 그이가 없었다면
> 조선총독부 산하기관으로서
> 조선의 경제를 착취한
> 경제수탈의 핵심 기관을 응징하는
> 그 엄청난 일이 어찌 그리 순탄했으랴
> 산 입에 거미줄 치는
> 참으로 모진 세월 속에서
> 박자혜
> 그이는 자신이 부서질 각오로

독립투사로서의 몫을 해냈다
― 시 「간호부에서 독립투사로 변신한 박자혜」 중반 부분

이어서 시인은 박자혜 여사의 당시 고통스러운 상황을 이렇게 표현하고 있다.

남편이 옥에 갇힌 뒤
더욱 일경의 감시가 심해지고
방세도 몇 달이나 밀려
주인의 독촉에 시달리며
기신기신 살아가던 속에
큰아들 수범의 등굣길마다
불쑥불쑥 나타나는 일본 경찰

책가방 마구 헤집어 놓으며
"아버지가 언제 연락했느냐?
너는 알고 있지? 알면 빨리 말해라!"
억지소리로 꼬치꼬치 캐물으니
겨우겨우 다니던 선린상고마저
중퇴하게 되었다 그 사실이
엄마로서는 더욱 원통하고 절통했다
- 시 「간호부에서 독립투사로 변신한 박자혜」 후반 부분

다음은 김락(金洛, 1862~1929) 여사에 대한 시인의 노래를 살펴보자. 김락 여사는 조선 말기 양반집 안방 마님이었다.

시댁은 민족지사의 집안이었다. 남편 이중업은 1919년 제1
차 유림단 의거(파리장서) 등을 이끌다가 1921년 그만 병으
로 세상을 떠났지만 그녀는 아들인 이동흠李棟欽·이종흠李棕欽
과 사위인 김용환金龍煥·유동저柳東著와 함께 조국 광복을 위
해 끊임없이 독립운동에 매진하였다. 57세라는 나이에도 불
구하고 1919년 안동 예안면 3·1운동에 참가하였다. 체포되
어 취조를 받던 중 고문으로 인해 두 눈이 실명된 여성 독립
지사였다. 이러한 김락 여사의 생애를 시인은 이렇게 표현하
고 있다.

    (… 전략 …)

    3대에 걸친 독립운동사를 써 내려간

    안동 대갓집 며느리의 고귀한 생애

    앞을 못 본 지 11년

    1929년 운명할 때까지 지속된

    그 기나긴 와신상담

    날마다 날마다

    왜놈들에 대한 분노로 치를 떨며

    견뎌야 했던

    죽음보다 못한 모욕의 세월

    어찌 필설로써 가늠할 수 있을까

    오늘 이 혼탁한 시대의 뒤안길에서

    100년 세월 저편의 갈피를 더듬다가

    문득 먼 곳 올려다보니

안동 대갓집 마나님
양반 체통보다 소중한
오직 대한독립의 염원 하나만을 부르짖으며
캄캄한 세월 속
질곡의 현대사를 헤치며
당당하게 앞으로 나아갔던
아름다운 이름

먹빛 천공을 비추는 뭇 별들 가운데
유난히 아담하게 빛나는
별 하나 있어
고개 들어 높은 하늘
우러러 우러르며
오래오래 치어다본다
안동의 별
김락이라는 별
— 시 「독립운동에 한 생을 바친 안동 마님 김락」 중 부분

다음은 가장 가열찬 여성 독립투쟁가로 손꼽히는 남자현 (南慈賢, 1872~1933) 지사의 한과 기개를 보여주는 시가 「만주 벌판 독립군의 어머니 남자현」이라고 할 수 있다. 남자현 서 사시 중에 가슴을 치며 주먹을 불끈 쥐게 하는 감동적인 한 대목을 소개하고자 한다.

"남편을 죽인 원수놈
내 이놈을 기필코 죽이리라!"

부르짖으며

비장한 각오 끝에

남편의 의병 동지

채찬, 이청산李靑山과 더불어

거사를 위해 조선에 들어갔다

그해 4월 26일

창덕궁 주변에서

총포를 터뜨릴 기회를 엿보던 중

과자 행상으로 변장한

의기의 남아 송학선이

금호문으로 들어오던 자동차를 급습

일본인들을 찔렀으나

아뿔싸 그들은

사이토 마코토 일행이 아니었다

그로 인해 일경은

전에 없이 삼엄한 경계 태세에 들어가

거사를 포기하고 두만강을 다시 건넜다

1931년

일제가 만주사변을 일으키자

이듬해 9월

국제연맹이 하얼빈에 조사단을 파견

진상조사에 나설 무렵

남자현은 왼쪽 무명지 두 마디를 잘라

"조선은 독립을 원한다"

혈서를 쓴 흰 손수건에 곱게 싸서
리튼 조사관에게 보내니
대한 여인의 장한 기개
만천하에 알려진 계기가 되었다

"사랑하는 나의 아들아
오늘 왼쪽 무명지 두 마디와 이별하려 한다
어쩌면 내 손을 채웠던 이 작은 것이
나라를 위해 큰일을 할 수도 있겠다 싶구나
지금 내게 두려운 것은 아무것도 없다
나라를 잃고 남편을 잃고
더 이상 잃을 것이 무엇이 있겠느냐?
이 늙어가는 육신의 일부라도 흔쾌히 끊어
절규를 내놓아야 할 때도 있는 것이 아니냐?
이제 칼을 들었다"
― 시 「만주 벌판 독립군의 어머니 남자현」 부분

나라 잃고 남편 잃은 한 여인의 눈물과 투쟁이 어린 한恨
과 소망을 담은 노래로 후손의 피를 뜨겁게 해주고 있다.

또한 한말의 독립운동가이며 상하이 임시정부에 독립자
금을 조달하는 밀사로 활약했던 정정화(鄭靖和, 1900~1991) 선
생의, 독립운동가 집안 여성으로서의 굴곡진 삶과 올곧은 정
신을 시인은 이렇게 표현하고 있다.

(… 전략 …)

처음에는 남편과 시아버지를 위해

그 뒤에는 법무총장 신규식의 명을 받아

풍찬노숙하는 동지들을 위해

가냘프디 가냘픈 여인 정정화

국경을 여섯 번이나 넘어

천신만고 끝에 얻은 독립자금

속주머니 전대에 차고

상해임시정부에 가져다주니

목마른 대지에 물을 적시고

상한 영혼이 의지할 바를 찾은 듯

귀하고 귀한

빛나고 빛난

임정의 젖줄이 되었다

　　　　　　— 시 「임시정부의 투사 정정화」 부분

　시집에 등장하는 이화림(李華林, 1905~1999) 선생은 독립투
쟁에 바친 그의 고귀한 생애가 인민군 전력 때문에 남녘에서
는 그 공로가 제대로 인정받지 못했었다. 이화림 선생은 조
선의용대와 임시정부의 핵심 요원이었다. 이화림 선생의 생
애를 탐구하고 써 내려간 시의 서사 중에 선생의 정신과 삶
의 상징적 단면을 보여주는 묘사가 있어 소개하고자 한다.

　(… 전략 …)

　조선의용대 대장 김원봉

　부녀대 부대장 이화림

　진용을 갖추어 활약하다가

1942년 5월
중국 팔로군과 조선의용대가 협력해
태항산 전투를 벌일 때
이화림도 이 전투에 참가해
일본군과 맞서 용감히 싸웠더라

이화림을 비롯한
여성 대원들
총을 들고 싸우면서도
남성 대원들의 끼니를 위해
밥 짓는 일까지 도맡아 하며
선전활동도
전투도
마다하지 않고 옹골차게 해내었더라

이즈음
지독한 가뭄으로 먹을 것이 떨어졌을 때
소금마저 한 톨 남지 않았을 때
이화림 부녀대 부대장은
소금기 머금은 돌을 갈아
산에서 뜯은 돌미나리에 섞어 만든
돌미나리 산채비빔밥
동지들에게 주었더라
― 시「조선의용대 부녀대 부대장 이화림」중

시인의 역사적 인물에 대한 묘사는 그 시대 상황, 그 인물의 내면 속으로 깊이 들어가는 공감의 능력, 해석의 능력, 표현의 능력이 조화를 이루지 않으면 서사시로서 독자에게 감동을 주기 어렵다. 그러한 필요조건을 채우기 위한 시인의 노력이 돋보이는 작품들이 이번 시집 전반에 흐르고 있다.

박차정(朴次貞, 1910~1944) 열사는 의열단義烈團 단장 김원봉金元鳳과 결혼해 의열단원으로 활동하였다. 여성 독립투쟁가로서 드물게 조선의용대 부녀복무단장으로서 투쟁 현장에서 직접 전투에 참여하고 장렬한 전사를 한 투사였다. 박 열사는 일찍이 조선청년동맹, 항일여성운동단체인 근우회槿友會, 신간회新幹會 회원 등으로 활약한 바 있다. 이러한 열사의 삶의 절정을 표현한 연작시 「조선의용대 부녀복무단 단장 박차정」 중 제1편 곤륜산 전투라는 작품이다.

눈이 펄펄 날리던
1939년 2월 어느 날
중국 강소성 곤륜산에 매복해 있던
한 무리의 독립군 대원들이
일본군과 생사를 건 총격전을 벌였다
수적으로 열세였지만 사기는 충천했다

그때
골짜기 아래 적진을 향해
총을 겨눠 종횡무진 돌격하며
한 발 한 발 응사하던

용감한 대원 한 사람이 쓰러졌다
스물두 명으로 이루어진
조선의용대 부녀복무단
단장 박차정이었다

늑골에 박힌 원수의 총탄
눈 쌓인 비탈을 적신 홍건한 피
"단장님!"
몇몇 부하들이 다급히 부르짖으며
헝겊으로 지혈할 때
죽음보다 더한 고통
뼈마디 저미는 순간에도
손가락으로 일본군을 가리키는 박 단장
자신을 놔두고 어서 적을 물리치라는
무언의 뜻이었다
　　— 시「조선의용대 부녀복무단 단장 박차정1- 곤륜산 전투」
전부

6.

　시인 박선욱이 야심차게 창작한 이번 시집은 광복 77주년
을 맞이해 펼쳐낸 전무후무한 독립지사 기림 서사시집이라
는 특별한 의미가 있다. 첫 페이지부터 광복지사들의 외침과
눈물을 따라 민족 해방의 험로를 함께 노래하다 보면 지사
들을 직접 만난 듯 감격과 감사함으로 순간순간 뭉클해진다.
무엇보다 겨레 공동체의 일원으로서 자신의 정체성과 삶의
의미를 다시금 생각하며 민족 역사 현장의 비애와 감격의 공

감을 통해 아직 미완의 독립, 미완의 해방에 대한 새로운 다짐을 갖게 된다.

아직도 불안정한 분단체제 속에서 친일부역자에 대한 역사적 단죄가 완성되지 않았고, 주변 열강들의 한반도를 둘러싼 끊임없는 위협과 섭정이 계속되고 있어 이번 시집의 의미를 남다르게 갖게 된다.

이에 필자는 박선욱 시인의 서사시집을 통해 민족문제와 역사에 대한 재인식과 함께 오늘의 시와 시인의 움직임들을 상고하면서 인간 본질에 관한 탐구와 다르지 않은 민족 정체성과 자주권의 온전한 회복을 추구하는 시인의 노력을 발견할 수 있었다.

중견시인의 서사시집에 내재된 민족해방을 위한 밀알들의 노래로 작품 세계를 정리해 보았다. 시인에게 민족의 역사와 문제는 외면하거나 필요에 따라 선택할 정치적 이슈이거나 학술적인 소재가 아니라, 오늘의 삶과 인간의 존엄성을 생각하는 시 정신에 부합하는 민족공동체의 정체성 회복과 온전한 자유와 평화를 누려야 할 보편적 가치를 추구해야 하는 문학의 사명이 있음을 다시 강조하고자 한다.

남한의 정치 경제적 상황은 물론, 문화 및 사고의 영역에서 여전히 일제의 흔적들이 잔존하고 있다. 특히 문학 영역은 그런 현상이 더욱 노골적으로 지워지지 않고 있다는 현실 속에 문학과 시인이 민족의 정신을 대변하지 않는 것은 겨레의 일원으로 자신의 역할을 방기放棄하는 것이라고 할 수 있다.

광복 77주년임에도 여전히 식민지 문화의 그늘을 벗어나지 못한다면 민족의 미래, 문학의 미래는 암울할 것이다. 민족의 고통을 외면하지 않고 투쟁하고 희생한 우국지사들을 기리는 문학적 작업은 단순히 기록의 차원을 넘어 지금 우리 민족이 처한 현재의 위기를 극복할 수 있는 정신적 토대를 마련하는 것이다. 따라서 우리 민족의 완전한 정신적, 문화적 독립을 이루려면 한국 시인의 민족 정체성을 구현하는 창작은 계속되어야 하며, 문단과 독자들, 그리고 다양한 매체들이 함께 응원하고 참여하기를 기대해 본다.

이러한 민족문학의 역할에 매진한 박선욱 시인의 노고에 경의를 표하며 이 시집이 일반 독자는 물론 교육 현장에도 널리 읽혀져, 참된 역사 인식과 민족지사들의 거룩한 희생이 헛되지 않고 한겨레로 나아가는 디딤돌이 되기를 바라 마지 않는다.